日本近代文学史の基礎知識

権藤三鉉

文藝書房

はじめに

七、八年前の話であるが、高校の教師をしている友人K君と話をしていた時、筆者が近い内に、『太宰治論』を出版すると言ったら、彼は、太宰は何度、自殺（情死など）を試みたかと尋ねたので、「六度」と答えたら、彼は「マザー・コンプレックス」という言葉を吐いた。

恐らく、日本近代文学史から得た知識の披露（受け売り）であったように思える。後に、太宰に於ける知識の探りを入れたところ、彼は、『人間失格』（「友情を一度も実感したことが無く」想起）一冊をも読んでいなかったのである。彼の場合、研究者の文学史からの知識の見せびらかしに他ならず、一冊の研究書で、一人前という錯覚に陥っていたのである。

この例からも解るように、文学史的基礎知識という前提なくしては、研究者の文学史（卓越した、論理水準の高い）の素養に振り回されるのが関の山（おち）であろう。

さらに、数年後、筆者が『ドストエフスキーと近代作家』を執筆中で、葛西善蔵を扱っていると彼に語ったら、彼は嘲笑したのである。

つまり、葛西はあまり生活力が無く、愛人ハナとの女性交際（三女ゆう子と四女くみ子〈の娘を持つ〉）という、文学史的知識がＫ君の背景（後）にあったように思われる。近代文学史上、葛西が果たした功績を顧みることなく。

彼の高笑いに対して、筆者は失望の感を禁じ得なかったことを告白出来る。つまり、彼は一冊も葛西の作品を読んでいなかったのである。

次に、文学研究には、作品論、作家論、文学史の三種類があるが、どの分野も、個人全集が前提となって、為されるであろうことを先ず、銘記すべきである。

実は、個人全集、作家の創作系譜を貫く、普遍的原理、即ち哲学が明らかにされないと、文学研究は息詰まってしまうのである。

尚、本書では、文学史の前提となる、時代背景の考察は、割愛・省略した。

本書は、世の中に出ている文学史の卓越した研究書を考察、味読する際の一アプローチとしての指針を示した感がある。作家論は、位相、転換点の把握と同様に、文学史にも、きちんとした作家論の裏付けが必要である。

依って、方法論の明示と共に、文学史を把握する際の予備的前提的知識の一部を提示し得たのではないかという自負を抱いている。

心残りもある。即ち、本書で、「紅露時代」「昭和文学のターニング・ポイント」「近代作家と自殺」「近代作家と自然」という、日本近代文学史の基幹と為るべく考察が出来なかったことである。

ヴィヴィッドな問題意識やメーキング・エポックとなる点に絞って考察した。

ゆえに、本書を読んで、一人でも多くの方が、日本近代文学史への興味を抱いてくれたら、筆者の望外の喜びである。

そもそも、平野謙氏ではないが、「文学史のおもしろさを開眼させてくれた人は、唐木順三氏（『現代日本文学序説』参照）である」との指摘がある（『平野謙全集』より）。筆者も、本書を執筆する際に、二、三ヒントを与えられたことを告白出来る。但し、文学史の方法論については、基礎的な方法論を除いては、筆者の能力を越えるので、割愛した。

その他、ドストエフスキーを制する者は文学を制するというモットーも、この書を書くにあたって、生かされていることを告白出来る。

一人でも多くの方が、文学研究（学問）の学徒になられることを、即ち、教養の担い手として、将来、活躍されんことを切に祈っている。

そのために、本書では、日本近代文学史の基礎的な方法論とその基礎知識（作家論の方法論を含む）をアット・ランダムに提供したことを最後に言って、筆を置く次第である。

◊◊ 目次 ◊◊

日本近代文学史の基礎知識

第一章　日本近代リアリズムの源流

平野謙氏は、彼の全集（第七巻・作家論Ⅰ《徳田秋声》）で、近代日本文学は開幕にあたって、二つのリアリズム論を持ったのであるとして、坪内逍遥の『小説神髄』と二葉亭四迷の『小説総論』に於けるリアリズム論を挙げている。

前者の要点として、「おのれの意匠をもて、善悪邪正の情感をば作設《もお》くることをなさず、只傍観してありのままに模写する心得にてあるべきなり」であり、逍遥のリアリズム論が明治四十年代の自然主義の観照にいたってそれなりに成熟したことは、論を俟《ま》たない。徳田秋声のリアリズムは逍遥のリアリズム論を代表する一極北にほかならないと。

後者のポイントは、「実相を仮て虚相を写し出すということ」であり、つまり現象を借りて本質を写し出すということになると。例えば、だから『浮雲』はお勢という女主人公を仮りて日本文明の裏面をあばくという主題を設定することにもなり得たのであり、お勢という人間模写そのものに、二葉亭の作の目的があったわけではないと。

この二つのリアリズム論は、広津和郎の創作系譜に於いても、生かされている（同全集。作家論Ⅰ《広津和郎》）と、平野氏は語る。即ち、広津和郎の『神経病時代』『死児を抱いて』などが二葉亭のリアリズムの延長線上にあるとすれば、『巷の歴史』や『ひさとその女友達』などは秋声流（逍遥のリアリズムを踏襲して）の観照のリアリズムの延長線上にある、ともいえようと。

さらに、平野氏は語る。即ち、広津和郎は『死児を抱いて』を書き、『ひさとその女友達』を書いたけれど、二葉亭のリアリズムと秋声のリアリズムをよく総合するような小説作品はついに書かなかったと。そのかわりに、広津和郎は小説ともつかず、評論ともつかぬかたちの『あの時代』以下の独特な文壇交友物語を完成したと。

第二章　明治文学史の骨格

その一　明治二十年前後

このテーマに関して、平野謙氏は、『昭和文学史論覚え書』で、次のように語っている。

即ち、坪内逍遙、二葉亭四迷、尾崎紅葉らの文学をひろくリアリズム文学としてとらえるならば、森鷗外、幸田露伴、北村透谷、樋口一葉、初期泉鏡花らのそれはロマンチシズム文学として一括されないでもない。大別して明治二十年前後の文学をリアリズムとロマンチシズムとの二元的対立としてとらえることは、原理的に正しいように見えると。

〈三派鼎《てい》立的な見取り図の方が明治二十年前後の文学史の実情により即しているように思われる。この場合、文壇主流は硯友社文学〈尾崎紅葉ら〉の流れであって、西洋派〈二葉亭の『浮雲』や鷗外の『舞姫』など〉も少数派にすぎないと）

その二　明治四十三年頃

引き続き、平野氏に依れば、即ち、明治四十三年ころになれば、やはり自然主義文学は自己の右側に森鷗外、永井荷風、谷崎潤一郎とつづく審美的な流れと左側には木下尚江、白柳秀湖、石川啄木らのいわゆる社会主義文学の流れとをみすえなければならなかった。ここでも簡明な二元的対立より三つ巴の三派鼎立という見方の方がより文学史の実情に即しているかに思われると。

この三派鼎立が、昭和初年代以降にどう発展していくことについては、後述したい。

第三章　不安の文学史と自我発展史

正宗白鳥は、「不安の文学」（昭和八年）で、「私の目に映る明治以来の文学史は、『不安の文学』史であり、私の文学も、昔から今まで、要するに、『不安の文学』であった」と語っている。

白鳥の作品で、『泥人形』は、夫婦間の不安を、『絶望から希望へ』は、経済的不安を、『光秀と紹巴《じょうは》』は、芸術家の不安と実行家の不安を、『何処へ』（不安）を扱ったものである。

次に、自我発展史を観ると、漱石の場合、自我の問題点を、則天去私、高等遊民における自我と社会、高等遊民における職業観と自我、講演「私の個人主義」などで、論じている。

漱石を語る場合、避けて通れぬ「則天去私」を、漱石の文学に求めるならば、『道草』と『明暗』に於いてである。吉本隆明氏は、『夏目漱石を読む』の中で、「つまり、『天に則して私を去る』といふことは、運命に対して従順でありたいといいましょうか、……運命に従順になるための一種の自己浄化の作業として、『道草』が書かれたというふうにいえなくもない」と述べている。藤森清は、『夏目漱石』の中で、『道草』とは、「漱石唯一の自伝的小説。この小説が描くのは、偶然に与えられた人との出合いを生きることの苦しみと喜びである。人間には制御できない出合いの代表は、親と夫婦だ」と述べておられる。「則天去私」の境地を述べたものである。

さらに、『明暗』における「則天去私」の場面を求めるならば、小宮豊隆の『漱石全集（昭和三十一年）』の解説に依ると、「お秀が津田の病室から病院帰って行った後《あと》で、津田とお延とがいつになく打ち解けた気持ちになって話をする場面（第百十三）」「お延が津田を入院させて置いて芝居見物に行き、うちへ帰って一人でぐっすり寝込んで眼をさました翌朝、いつもの警戒的な、緊張ばかりしている気持ちがとれて……結婚以来初めてのんびりした心持ちになり、特に昨日さまざまなやきもきしなければならなかった自分を、あざけるやうに眺めるところ（第五十八）」「お延が岡本のうちへ行き、今は継子の居間になっている部屋にはいって、処女時代の自分と現在の自分とを比較して、深い哀愁を感じるとともに（第七十）」「殊に吉川夫人が病院に見舞いに来たあと、お延がやって来て、吉川夫人が何の用件でここに来たかを、あくまで聴き出そうとして、闇雲に津田に

肉迫して行く場面（第百四十七）」などなどである。以上が、漱石の文学に現われた、

「則天去私」である。

『それから』の代助は高等遊民である。その定義とは、即ち「職業の為に汚されない内容の多い時間を有する、上等人種と自分を考えている……」と。あるいは、「僕は所謂処世上の経験ほど愚かなものはないと思っている。苦痛があるだけじゃないか」と。

小説の前半で、代助は平岡と酒をくみかわし、仕事について論じている。代助は語る。即ち「何故《なぜ》働かないって、そりゃ僕が悪いんぢゃない。つまり世の中が悪いのだ。もっと、大袈裟に言うと、日本対西洋の関係が駄目だから働かないのだ。第一、日本ほど借金をこしらえて、貧乏震ひをしている国はありゃしない。そりゃ外債くらいは返せるだろう。けれども、それ許《ばか》りが借金ぢゃありゃしない。……一等国を似て任じている。無理にも一等国の仲間入りをしやうとする」「日本の社会が精神的、徳義的、身体的に健全なら、僕は依然として有為多望なのさ。そうなれば遣ることはいくらでもあるからね。さうして僕の怠惰生に打ち勝つだけの刺激もまたいくらでも出来て来るだろうと思う」と。皮相浅薄な開化を克服せんがため、浅薄ならざる自我を確立すべく、精神を傾注した漱石という解釈もある。

後に代助は、「職業観」について言及する。即ち、「凡ての職業を見渡した後、彼の眼

は漂泊者の上に来て、そこで留まった。彼は明らかに自分の影を、犬と人の境を迷う乞食の群れの中に見出した。生活の堕落は精神の自由を殺す点に於いて彼の最も苦痛とするところであった。彼は自分の肉体に、あらゆる醜悪を塗り付けた後、自分の心の状態が如何に落魄するだろうと考えて、ぞっと身震《みぶる》いをした。この落魄のうちに、彼は三千代を引っ張り廻さなければならなかった」と。

この中で、注目すべきは、仕事に就くことが、「生活の堕落」と位置づけ、「精神の自由を殺す点に於いて」と定義していることである。ここに於いて、高等遊民の有意義性を主張している。高等遊民の不可侵性を主張していると考えられる。仕事に就くことで、高等遊民の特質である、精神の自由が阻害されることを、極度に恐れている。

三千代を生涯、大切にすることを誓う代助であるが、彼女との結婚に依って、高等遊民の理想が崩れる可能性があるが、「犬と人の境を迷う乞食」の境遇には劣らない職業を選択すべきだと代助は、考えたに違えない。

最後に、講演「私の個人主義」では、人格的個性、近代的自我の確立に向けての提言が為されている。

鷗外の場合、「青年」に於いて、イプセンを取り上げつつ、個人主義に言及している。それに依ると、イプセンの個人主義には、両面があり、第一に、次第にあらゆる習慣の縛《いましめ》を脱して、個人を個人として生活させようとする思想であり、第二に、イブセンの戯曲「ブラント」の思想、即ち、倫理は自己の遵奉するために、自己の構成する倫理であり、宗教は自己の信仰する為に、自己の建立《こんりゅう》する宗教であり、一言で言えば、オオトノミイ（自立性、自主性）であると。

ここで、太宰の自我論（唯我独尊）を紹介して置くと、『愛と美について』（昭和十四年）所収の「火の鳥」において、「いまは人間、誰にもめいわくかけずに、自分ひとりを制御することだけでも、それだけでも、大事業なんだ」とあり、さらに「それだけでも、できたら、そいつは新しい英雄だ」とあり、同じ趣旨のことを、「春の盗賊」（昭和十五年）でも、太宰は語っている。即ち「ゲーテがしんみりさう教へたではないか。『自己を制限し、独立させることが、最大の術である』」と。興味深い、鷗外と太宰の一致である。

太宰が、鷗外の「青年」のイブセンの個所を読んだかどうかの確証はないが、太宰の「彼は昔の彼ならず」（昭和九年）で、彼は、鷗外の『青年』を取り上げていることは、注目に価する。

（イブセンの個人主義の第二の点を補足すれば、鷗外に依ると、イブセンには別に出世間的自己があって、始終向上して行かうとする面があると言う）

鷗外の「青年」で、個人主義には、利己主義と利他主義との岐路があり、利他的個人主義は、我といふ城郭を堅く守って、一歩も仮借しないでゐて、人生のあらゆる事物を領略する。その我といふものを棄てることが出来るか。犠牲にすることが出来るか。それもたしかに出来る。恋愛生活の最大の肯定が情死になるやうに、忠義生活の最大の肯定が戦死にもなる。生が万有を領略してしまへば、個人は死ぬる。個人主義が万有主義になる。さらに、東洋では個人主義が家族主義になり、家族主義が国家主義になってゐる。そこで始めて君父の為に身を棄てるといふことも出来ると言う。但し、こういう説では、個人主義と利己主義と無政府主義と同一視してあると言う。

漱石が、講演「私の個人主義」で、国家危急の際、「去私」すべしと対比せられて、興味深い。鷗外の体制的イデオロギーとの差異であろう。

さて、鷗外が、イブセン個人主義解釈の特質を、具現化していると思われる作品に、『舞姫』がある。

従来、この作品は、主人公豊太郎が「俗」（故郷を憶ふ念と栄達を求む心とは、時として愛情を圧せんとせしが）に服したのであり、彼はそれを否定（「相沢が如き良友はにまた得がたかるべし。されど我脳裡に一点の彼を憎むこゝろ今日までも残れり」）して、作品は終わっているのであり、その点、彼女エリス（劇場の女優＝舞姫）への愛の理想を浮き彫りにした作品と言われているが、どちらにも筆者は異をとなえたい。
確かに、「エリスが生ける屍《しかばね》を抱きて千行の涙をそゝぎしは幾度ぞ」「余は（エリス）を抱き、彼の頭は我肩によりて、彼が喜びの涙ははらはらと肩の上に落ちぬ」「貧しきが中にも楽しきは今の生活、棄て難きはエリスが愛」と、豊太郎とエリスの耽溺の恋はあるが、しかし、そこから豊太郎自身の優強者の恋愛志向（「学識あり、才能ある者が、いつまでが一少女の情にかかづらひて、目的なき生活をなすべき」）を暗示しているのである。
その論拠（志向）として、「彼は色を正していさむるやう、……弱き心より出しなれば、今更に言はんも甲斐《かい》なし」と。「人材を知りてのこひにあらず、慣習といふ一種の惰性より生じたる交《まじ》わりなり、意を決して断てと」とある。（彼女との恋を断念することで、イブセンの個人主義の第一側面――習慣の縛《いましめ》を脱して、個人を個人として生活させようとする思想――を想起せよ）
相沢から豊太郎の決意をしるや、発狂し、既に子を宿したエリスに対する、豊太郎の思いやりという読者向けサービス（「微かなる生計を営むに足りるほどの資本を与へ、生まれ来る子の後見を彼女の母に頼む」）に努めつつ、この耽溺から優強者の恋愛志向とは、高次元（高度）の自我の覚悟を秘めた豊太郎の姿（形象）を意味するであろう。豊太郎の高次元の決（判）断であろう。（泡鳴文学の先駆的作品とも言える）（この作品は、人間獣批判という、後の自然主義否定のはしりと言える）

藤村の場合、「若菜集自序」で、「生命は力なり、力は声なり、声は言葉なり、新しき言葉はすなわち新しき生涯なり」と言いきり、『春』に於ける捨吉には、「親はもとより大切である。しかし自分の道を見出すといふことはなお大切だ。何の為にこうして生きてゐるのか、それすら解らないやうなことで、何処に親孝行があらう」と新しい出発を叫ばしている。

後者については、唐木順三氏は、『近代日本文学の展開』で、「藤村は、この明治の三十年代になって、はじめてひとつの叫びとなった自我の道を掘りつくしていった作家だ」と、語っている。以上、藤村の自我発展史である。

賢治の場合、宗教心（恋愛〈性欲〉、現世利益）から、哲学的境地（理不尽なこと＝妹トシの病死）へであり、到達点は妹の死に依る、理不尽なことである。〔彼女は日本女子大学で学んだ教養人〕

ここに、賢治の有名な彼女の死を悼んだ哀切極まりない詩「永訣の朝」を賢治のターニングポイント（転換点）を示す詩として、重要視したい。『春と修羅』に於ける詩「小岩井農場（パート九）」から、詩「永訣の朝」へ転換。

この理不尽なことを具現化する転換点を機に、賢治の自我は、一般高く、研ぎ澄まされて行ったと言える。質的飛躍を遂げたと言える。抑制された性愛意識へ質的転化。永遠の童貞。

泡鳴の場合、『刹那哲学の建設』で、自我発展史が説かれているので紹介しよう。

先ず、「自我主義」（僕は飽くまでも実力に伴ふ自我主義だ。飽くまでも極端な個人主義だ。個人の自我発展以外に大我も小我もない）であり、第二に、「破壊的主観」（俗習と作為と空想とを去ったこの破壊的主観の個人主義でなければ、肉霊合致の事実、自我実現の結果は挙げられない）であり、第三に、「自覚的自我」（僕らはいつも無信仰の状態で、みずみずした精神を以て最も深い自覚的自我の発展をさせたい。死は空だ）であり、第四に、「独尊自我」（僕の新自然主義では、思索と態度、描写と実存が同一だ。独尊自我の活動は、実行から思索若しくは描写を分離する余地がない）であり、第五に、「自我発展」（自我以外の自我はない。その証拠には、熱心な自我発展の力を以て、習俗の所謂非我が悉《ことごと》く征服吸収されてしまうではないか？）である。以上、五人の自我発展史を試みた。

第四章　自然主義

第一節　自然主義の精神と意義

自然主義は人間尊重の精神に出発したものであった。封建時代から残存する全ての旧い考え方、それら一切を根本的に打ち破ろうとする、因襲打破、偶像破壊こそ、自然主義運動（明治三十年代の終りから四十年にかけての時期）の最初の目標に他ならなかった。そして、その目標を文学において果たすために、有効なリアリズムという方法を、主としてフランス文学から学び取った所に、自然主義文学の大きな力が生まれたと言える。

高田瑞穂氏は、『谷崎潤一郎』という著書で、「江戸文学の伝統の上に立った尾崎紅葉一派の文学が、表現にさまざまな技巧をこらし、古い意識を、古くさい美文につづることによって世人の拍手をあびていた事情を考える時、はじめて自然派の平面描写、技巧排斥の意味がはっきりして来るのです。又、封建的な道徳に立って、人生における理想の意味を高唱した幸田露伴の文学をあわせ考えて、はじめて、自然派の無理想の主張が生きてきます。或いは、北村透谷一派の、神と詩人の内部生命とのインスピレーション（霊感）による交流を説いた浪漫主義を前に置く時、はじめて自然派の、現実尊重の意味が、はっきり了解されます」と、自然主義の存在意義と背景について、概括しているので、紹介して置きたい。（透谷文学は、現実主義から浪漫主義〈写実的イデア〉へと転換）

第二節　自然主義の系譜

その一　永井荷風とその周辺

耽美派作家の永井荷風も、初期は自然主義の作風に与《くみ》した作品を書いた。

即ち、明治三十五年九月に、「地獄の花」を、同年十月には、「新任知事」を、さらに同年六月に、「闇の叫び」を書いている。

エミール・ゾラのイズムに依拠した、初期作品群と言えるであろう。又、荷風は廣津柳浪にも師事している。

その他、小栗風葉、小杉天外も、自然主義的作品を書いていることは、周知のことであろう。

その二　田山花袋

『野の花』『名張少女』のセンチメンタルな抒情的美文小説から、『蒲団』以後の無技巧的な現実暴露小説への転換を図った花袋。

平野謙氏は、「花袋がモーパッサンを発見したとき、社会化され組織化された思想の力を、花袋らは夢にも考えることができなかった。以来、日本の自然主義小説は、作者の実生活に密着し、人物の配置に、性格のニュアンスに、驚くべき技法の発達をみせた」（『昭和文学の可能性』）と語っている。

つまり、現実暴露小説を書いて行った花袋にも、問題点（限界）は孕んでいた訳である。

その三　島崎藤村

藤村は、『破戒』（『生まれ素性〈穢多《えた》〉をかくせと遺言した亡父の戒めと「我は部落の民なり」と男々しく社会と対決する先輩の勇気とにはさまれながら、一旦は自殺を想うまでに追いつめられて主人公もついに破戒の決意をつかむに至る）、『春』（この作品の登場人物である青木、市川、菅、岸本、岡見兄弟とは『文学界』という雑誌編集時の同人であろう）（作中、透谷、藤村自身が、それぞれ青木、岸本にパロディ化〈モデル化〉されている）、こま子との愛のスキャンダルを告白した小説『新生』、明治「新」時代の封建的家族制度を扱った小説『家』（明治四十三年）と国学を中心とした社会小説『夜明け前』を生前、書くが、ここでは、浪漫主義（抒情的）詩から、リアリズム小説『破戒』への転換を中心にして論を進めたい。

平野謙氏は、『現代小説の問題』（全集第五巻所収）で、「小諸六年間の田舎教師として、自然と人事を観照して来た藤村はその全蓄積を詩から散文への移りゆきの一道標として、『破戒』に結実させようと努めたのである。つまり、ひとりの小説家として世に立てるか立てないか、の運命を最初の長編にかけたのである」と、『破戒』の意義を主張する。

尚、『破戒』については、賛否両論の評価があるので紹介したい。

肯定的な評価としては、平野謙氏の「瀬川丑松《うしまつ》に対する人間的共感（清新なヒューマニズムの芽吹き）とその社会的プロテストこそ、作者のモティーフにほかならなかった」（『島崎藤村』）であり、手厳しい評価としては、唐木順三氏の「藤村は、この破戒が、社会の被圧迫階級を解放するための門出であることを忘れて、丑松の個人的救済を考へざるを得なくなったかの如くである。『破戒』の最後を、丑松のアメリカ行きといふ、いはばめでたしめでたしで終らしめてゐる原因はそこにあらう」（傍点作者）（『近代日本文学の展開』）であるが、この唐木氏の評価を甘受するかの如く、次作『春』では、透谷をモデルにした青木や藤村自身をモデルにした岸本捨吉に、「教師出」の「書き物（執筆）」志向という価値観が付与されている点に着目したい。

即ち、教員を辞めて、「戦いは剣を以てするあり」と「筆を以てするあり」という書くことの意義に目覚めた青木や美術雑誌の職につくが、一日ともたなかった捨吉は仙台の教職の口にありついて「自分のやうなものでもどうかして生きたい」という感想をもらすさまが描かれる。

唐木氏は前掲書で『春』について、「『春』は当時の新興インテリゲンチャの、封建的なもの、または歪められた社会道徳に対する反抗を盛っている」と語っている。

その四　正宗白鳥

正宗白鳥の文学の傾向は、先ず、リアリスティクとアイデアリスティクとに二分される。アイデアリスティクな傾向は、「生の不安」の文学として、把握される。生の不安は、形而上的及び超越的な方向に於いて、把握される。作品では、「何処へ」（不安）「泥人形」（夫婦の不安）「生まざりしかば」（夫婦の基盤脆弱）「絶望から希望へ」

(経済的不安)「人間嫌ひ」(不安)「光秀と紹巴《じょうは》」(芸術家の不安と実行家の不安)などである。

白鳥の場合、彼の文学が「不安の文学」という予備知識(位相)があれば、白鳥の幾百篇の文学(小説)の理解も可能である。彼の文学説として、「不安の文学」(昭和八年)や「文壇的自叙伝」(昭和十三年)や「人生五十」(大正十二年)など参照。

平凡な描写というリアリスティクな文学と相まって、生の不安(不安の文学)がアイデアリスティクな傾向として、表白される。

リアリスティクな文学を補足すると、「何処へ」「微光」「生まざりしかば」という客観小説と、「泥人形」「入江のほとり」「りー兄さん」「今年の春」「今年の初夏」「今年の秋」という私小説の二傾向に於いて、把握される。

平野謙氏は、同全集で、白鳥には、「生の不安」と「死の恐怖」に年少の頃から、鋭敏であったと言えると語る。

後者については、白鳥は「私は自分の死を恐れている。普通人以上に恐れているのであろう」(「死に対する恐怖と不安」——大正十一年)と語る。

前者について補足すると、西洋人の如く、「死」は恐い、自我がなくなるからと。「生の不安」について、白鳥は「暗黒の死の洞門へ一歩一歩に足を進めている我々人間には何の幸福があらうぞと私はつねに思っている。……生きているうちは幸と不幸、快と不快の感じに動かされない時は無い」（「人生五十」――大正十二年）と語る。泡鳴の「一刹那も安住すべき場所はなく、刹那も苦悶を忘れないのが生命だ」（『刹那哲学の建設』）想起。

他方、白鳥は、ペチョーリンの形象を理想として、志向した。即ち、「自我に徹した、勇敢な反抗心」である。但し、現実に交際を求めるのは、このような人では困るのであって、平凡な人間を好むと言っている。

ペチョーリンのような形象は、本の中の理想として志向したのであって、小説では描写されていない。

「生の不安」（存命中は幸と不幸、快と不快の感情に常に動かされる）という認識から、次の二つの道が模索される。即ち、一つは、「諦念（忍耐性）」（安住の地を見出せぬこと。

――悲しんで来る〔『人間嫌ひ』〕、二つ目は、「反抗心（ペチョーリン型）」である。どちらを、白鳥は選んだのか。人生は不安の連続であるという認識に達すること（悟りの境地）で、不安から安住へと転換され得ると思われるが。（徳田秋声については、日本近代のリアリズムの源流で若干、述べたので割愛したい）

その五　岩野泡鳴

泡鳴五部作の一である、『発展》に彼の創作系譜上、方法論的端緒の暗示が見られる。即ち、「渠《かれ》は人生の殆ど素ッ裸な現実にぶつかってゐて、もとは何となく奥ゆかしさのあった幻想など云ふものは全く消滅してしまった」「『発展』第六節、傍点筆者）である。

このことは、ルソーやヘーゲルの学問的問題意識（方法論上の）、即ち「夢想家と現実」（『孤独な散歩者の夢想』）や「無教養な段階の個人から出発してこれを知へと導く、という課題」（『精神現象学』まえがき、傍点筆者）を想起せしむる。

泡鳴自身も、『表象派の文学運動』で、「夢想家と現実」（二）や「渠は夢想家であって……一現実物だが」（アルチユル　ランボ）と語っている点からも裏づけられる。

そもそも、泡鳴の方法論上のキャッチ・コピーとしては、「耽溺から優強者の恋愛へ」が掲げられる。即ち、「自分は妻に就き、お島に就き、また最近は敷島に就き、耽溺的努力を随分して来たことを思ひ浮かべる。然しその耽溺はまだ満足を与へなかった。……兎に角、弱劣等者でなく、優強者としてとほって来たのだと思ふ」（『憑き物』第十節）と。（傍点筆者）

泡鳴の「耽溺」の文学説としては、「衰弱した神経には過敏な注射が必要だ。僕の追窮するのは即座に効験ある注射液だ。……そしてそれが自然に圧迫して来るのが僕らの恋だ、あこがれだ」（『耽溺』第二十六節）が指摘されよう。

この「耽溺の恋」は、泡鳴の作品中、即ち『発展』に於いて、「渠はかつて自分が作ったかう云ふ浪漫的詩のこまやかだと思ふ心持ちを若い女と共に回復して見たいのである。……四〇歳に近い新時代者の自分が哀れなように思はれて、迫《せ》めては若い女の熱い血に触れて、洋々たる響きを今一度取り返して見たいのである」（第六節）と、具体化されている。

このことが、同作品では、義雄に梅毒を移されたとお鳥と、彼とのやり取りの中で、即ち、「『も一度温泉に行かんなら、もっとええ病院へやって呉れ！』『早く直って、早く手を切りたいのか？』渠はなほ不平である。同じやうにいやな女だと思ひながらも、千代子よりはずっと若くッて血があッたかいのがまだしもよかった」（第十六節）と敷衍されている。（義雄は妻千代子には、一切譲歩していない）

この義雄とお鳥との関係は、五部作の最後の作品に当たる、『憑き物』で、北海道までやって来た、お鳥は義雄に心中をせがんだ。札幌の豊平川の鉄橋から、二人は心中を目指して、飛び降りた（第九節）。落ちて見ると、溺れる水もなく、怪我する岩石もなかった。この冬中の根雪として川床に積み重なって雪の上に二人は落ちたのである。心中は失敗した。

義雄は、この心中未遂を総括して、「ただ現今のお鳥のようなものの為に心中までしかけたのは、優強者として努力にゆるみがあったばかりの間違ひだ。死といふ無内容物の魔がさしてゐたのだ」（第十節）と語る。

つまり、優強者の恋愛を目指す観点から言えば、その優強者が傲慢だと思われやすいので、心中失敗で、謙遜して導入している観がする。同個所（第十節）では、「死といふ無内容物の魔がさしてゐたのだ。この論文がこうして書ける以上は、もう、大丈夫だ。自分には思索も実行だ」と語っているのも納得出来る。

この優強者の恋愛は、次の三点で説明され得る。第一に、「自分の自我心はそれ（耽溺——筆者註）に満足するには余りに熱烈、冷酷、もしくは深刻であったからである」（『憑き物』第十節）であり、第二に、「刹那燃焼の有無が万事をその場に可否してしまうこと。強烈孤独の悲痛生活を自覚するものは、刹那の自己を、例えば、男女の関係に於いて極度に適切に感得してゐる」（同書第十節）であり、第三に、「全人的な、最も真率真剣な、最も無余裕な肉霊合致を悲痛の自我に実現すること」（同書第二節）である。

義雄は、若い女、お鳥との耽溺の恋（「お鳥は、子羊のやうにおとなしく着いて来た」――『発展』第六節）で慰められたい気もあるが、正宗白鳥も指摘しているが、結局、お鳥は、「肉霊合致」の女ではないこと、即ち、「労力に報いるだけの報酬が取れないやうな原稿などは書くのもいやになることがあると同時に、お鳥のやうな女にかかわり合ってゐるのも馬鹿馬鹿しい気がする」（『発展』第十七節）と。『発展』（第六節）に、「着いて来る者の迷惑さうな顔を見ると、すぐに、渠は段々興ざめてしまって……今では追ッ駆けてゐたまぼろしのあと方もなくなった」とある。

この「耽溺（の恋）から優強者の恋愛へ」という転換は、泡鳴の実生活に於いても、跡づけられる。

即ち、「かの女（英枝《ふさえ》さん）は僕を十分に信頼してゐます。僕も信頼を受ける限り、愛護いたします」（大正四年、巣鴨日記第三）と、泡鳴の第三の結婚相手である、英枝との「男女間の相互尊敬論」が語られているが、この見解は、後に発展解消させて、論じられている。

即ち、「男女が『互ひに尊敬し合ふ』と云ふやうなことは空想上の美言だ」として、さらに、優強者の恋愛の恋愛論を展開して、「事実上、肉までさらけ出しながら、本に書いてあるやうな単純な尊敬が男女どちらかでも持てようか？　僕は断言するが、この問題も矢張り吸収征服的人格、乃ち、優強者の無遠慮な、然し誠実な実力が中心になってゐる」（『男女と貞操問題』、以上傍点筆者）と。

この「優強者の恋愛」は、泡鳴の刹那充実主義（『発展』第一節、『悲鳴の哲理』はしがき参照）及び自我主義（詳しく言えば、「肉霊合致の優強自我独存的人生観――『悲痛の哲理』はしがき）の恋愛版とも言えるであろう。以上、泡鳴の「耽溺〔の恋〕から優強者の恋愛へ」という文学説の披瀝であった。

（ちなみに、優強者の教育とは、天才に依拠する。即ち、努力に媒介された天才の出現を用意させるものである）（天才は人の想像するやうな偶然な物でない）（『近代生活の解剖』）と、泡鳴自身は語っている。

第三節　自然主義の問題点

高田瑞穂氏は、『谷崎潤一郎』という著書で、自然主義の問題点を披瀝する。即ち、「人間性の自然を束縛する、旧い理想主義（幸田露伴）に対して、それの否定として無理想をとなえることには、大きな意味のあったことは明らかですが、そのような敵が一旦姿を消してしまった場合、もはや、単なる無理想の主張は、全く意味を持たない主張となるほかはなかったからです。末期の自然派は、戦うべき敵を見失うと共に、一切の積極性をも失って、僅《わず》かに、人間生活の日常を、細々と描く私小説の世界に逃れていったのでした」と。以上が、第一の自然主義の問題点であり、第二のそれは、同じく同氏の『志賀直哉』という著書に見られるので紹介したい。

即ち、「自然主義の作家たちは筆をそろえて、ありのままの人間を、ありのままに描き出したが、そこでの人間の姿は、けっして明るい健康なものでは、あり得なかった。というのは、明治維新によって一応は封建制度から脱したはずの明治社会は、未だ完全な近代社会になり切っていなかった。近代市民社会という基礎の上に自己を確立し得なかった自然主義の人間尊重が、結局、暗い歪んだ人間像ばかりを描くことになって行ったのも、いわば必然的ななり行きであったわけである」と。

さらに同氏は、「四十三年に藤村が『家』に描いているように、当時の日本には、国と家とはあったけれど、西欧におけるような近代的市民社会は、まだ本当の形においては存在しなかったのである」と語る。社会構造から割り出した、自然主義の問題点をヴィヴィッドに描出した、卓見と言えるであろう。

第五章　人生派の藝術と藝術のための藝術

藝術のための藝術の立場を採った天才人を世界に求めるならば、カント、ヴィンケルマン、ゲーテ、ニーチェ、ゴオチェ（藝術を道徳、思想から超越せしめた）などなどがおり、ニーチェは、「藝術こそ人間の本務である」と言った。その他、英国の生んだ、ワイルドもこの「藝術のための藝術」を主張した人である。

一方、人生のための藝術を主張した人は、ギリシャの詩人的哲学者プラントンであり、彼は理想国家から藝術家を追放するべきであるという考えに到った。（高田瑞穂著『谷崎潤一郎』）

日本で、「藝術のための藝術」を主張した作家は、芥川龍之介を始め、谷崎潤一郎、永井荷風、佐藤春夫である。

一方、「人生のための藝術」を主張した作家は、島崎藤村を始め、二葉亭四迷、北村透谷、菊池寛、広津和郎である。

特に、ここでは、芥川、荷風、谷崎について、若干、触れて置きたい。
芥川の初期、中期（表現はリアリズムであるが）は、永井荷風、谷崎潤一郎（共に一生を通じて）と同じく、善、悪の価値判断に囚《とら》われず、藝術至上主義者【荷風「私は誰だ『形』を愛する美術家として生きたいのだ。私の眼に善も悪もない。……無限の感動を覚え、無限の快楽を以て其れらを歌っていたいのだ」（「歓楽」《明治四十二年》）、潤一郎「すべて美しい者は強者であり、醜い者は弱者であった」「彼の年末の宿願は、光輝ある美女の肌を得て、それへ己の魂を刺り込むことであった」（「刺青」《明治四十二年》）】であり、「藝術のための藝術」（両者の快楽主義の美は女体の美であり、谷崎の感性美把握、必要）の立場を貫いた。芥川の藝術至上主義は、精神的（不可思議な悦び及び悲壮の感激）なものであったことが、谷崎、永井とは違うが。

　平野謙氏は、『昭和文学の可能性』で、「芸術派と人生派という場合の人生派という概念は、必ずしも社会派という概念とは同心円的ではない。人生派の人生は、あくまで二葉亭がジーズニと叫び、藤村がライフとよんだものに淵源《えんげん》しているのであって、高名な人生の従軍記者と藤村が自己規定したあの人生に根ざしたものである」と、さらに、「明治・大正期の『人生』のイメージが、マルクス文学の出現によって決定的に破られ、『新たなる社会』のイメージにとってかわられたという事実は、もはや否定しようがない」と語っている。

第六章　反自然主義

従来、自然主義は多くの批判を受けて来た。批判されるということは、それなりの存在価値があるからであろう。これから述べようとする六名の文学者（作家）の自然主義批判は、何れも正鵠《せいこう》を射たものとなっているので、自然主義そのものへの興味がそそがれるかも知れない。

依って、以下、夏目漱石、森鷗外、芥川龍之介、石川啄木、横光利一、萩原朔太郎の自然主義批判を取り上げて見たい。

先ず、漱石だが、漱石の作品がしばしば自然派から「拵《こしら》へもの」として非難されたのも、決して単なる技法上の問題からだけではなかった。そういう攻撃に対して、漱石が「拵へものを苦にせらるるよりも活きているとしか思へぬ脚色を拵へる方を苦心したらどうだろう」（「田山花袋君に答ふ」明治四十一年）と反撃した時、自己の実生活と作品とを素朴に混同したわが国の自然派にとって、この言葉はその急所を指していたものである。

次に鷗外であるが、高田瑞穂氏が『志賀直哉』で、鷗外の文学に言及しながら、鷗外の自然主義批判を紹介しているので、ここで扱いたい。

即ち、万人の生がそのまわりをめぐって営まるべき権威の樹立されるためには、人は自我を克服しなくてはならない。生の尊厳は、かくしてのみ生まれると信じた鷗外の目に、自然主義の人間肯定がどのように映ったたか。自然派的人間獣に対する激しい抗議がそこに生まれずにはいられなかった。それは何よりも人間性の高貴のために戦われねばならなかったと。

つまり、権威の前に、自己を微小視する態度を尊重した訳である。

第三に芥川だが、彼は、新理智派の名称は迷惑な貼札《はりふだ》たるに過ぎず、その名称によって概括される程、自分の作品が単純だと思わないと語っている（「羅生門の後に」）が、高田瑞穂氏は、『横光利一』という著書で、新理智派について解説を加えているので、紹介したい。同時に芥川の自然主義批判でもある。

即ち、「このような自然主義の伝統――「私小説」の流れ――に対して、最も大きな攻撃を果たしたのは、恐らく、菊池寛、芥川龍之介に代表される新現実派の人々だったたでありましょう。……彼らもまた、自然主義の人々と同様に、現実の一片をありのままに切り取って描きました。……切り取られた現実の一片は、はっきりした構図を与えられました。そこに、一つの解釈が見られました。彼らは、彼らの心中にある主題を生かすために、現実を意識的に再構成したのでした。ここにようやく、私生活の描写と、創造としての文学とが手を切る時が来たのでした。彼らが、新理智派、新技巧派とも呼ばれたのは、そのためでした」と。自然主義から新現実派への転換である。

第四に啄木であるが、平野謙氏は全集の作家論（第七巻）で、啄木について次のように語っている。即ち、「昭和七年十月に上梓された唐木順三の『現代日本文学序説』のなかの『自然主義の発生と其の没落』という論文である。唐木順三はそこで自然主義批判者としての啄木の理論的業績を『ドイッチェ・イデオロギイ』においてフォイエルバッハを批判したマルクスの史的地位になぞらえている。啄木の論文『時代閉塞の現状』こそ「自然主義（観照性——筆者註）の全き止揚であり、プロレタリア文学のはるかなる示唆であると断じた」と。自然主義の観照性は逍遙の「ありのまま模写」に照応。

第五に横光利一だが、高田瑞穂氏は、『横光利一』という著書で、「自我の肯定」その上に立つ、「明快な現実分析」と「知的な現実解釈」が、芥川、菊地などの新現実派の主張であったと言う。この主張を目標、出発としたのが、新感覚派の文学（大正十三年十日創刊の雑誌「文藝時代」で、同人として、横光利一、川端康成、片岡鉄兵などがいた）であり、同氏に依ると、「彼らは自然主義の伝統に立ったりリアリズムに対する激しい反逆として実現したのも自然なことであり、芥川の新技巧派の風潮を新鮮とし、いっそう純粋にしようと願って出発したとある」と語っている。（傍点筆者）

最後（第六）に、萩原朔太郎であるが、彼は、『文学論』で、自然主義の思想的断面を、「自然主義の思想、即ち唯物的現実主義の人生観が、感覚のみの人生を肯定しながら、しかも、内実はそれに安心立命し得ないため、甚だしく陰惨なる絶望的厭世観に帰結した」と、切り込むのである。

次に、自然主義の文学に対する批判（発生、経路、問題点）は、『文学論』の『新時代に望む」（自然主義を一掃せよ）で、開陳される。

即ち、「この自然主義といふ奴が、日本の文壇では特殊な意味に解説され、根本的に誤ったレアリズムを奉じた結果、どんだけ文学の本道を邪悪させたか解らない。自然主義の思想が日本で本筋に受け入れられたのは、それの輸入された初期だけである。この初期に於ける自然派の文学は、それ自らがヒロイックな精神（独歩、二葉亭、啄木）を高潮した『詩』であった」「ところがこの自然主義は、その後全くこの熱情性を失ひ、低回趣味の文学に一変してしまった。この末派自然主義の本体は、ゾラやモーパッサンから出たそれでなくして、当時の日本派の俳壇が先駆した所謂「写生文」を系統し、その同じ精神から出たものである。この写生文といふのは、あるがままの事実をあるがままに写実することをモットーとし、一切の想像や主観やを排斥した。この欧州自然主義と日本俳壇の写生文とが我が国の文壇では全く混線してしまった」「我が文壇は、ホトトギス派の写生文とまぎれ込んで、ホッケ臭い、じめじめした徳田秋声的なシミタレ文学になってしまった。「生活」と言えば暮らし向きの世帯を意味し、「体験」と言えば下宿屋の二階にごろついてゐる身辺記録を意味するやうな、日本の自然派文学がいかに低調な似而非《えせ》文学であるかは、論ずるまでもない」と〔平野氏は、徳田リアリズムの源流を坪内の「模写説」に見る〕。

第七章　大正文学史の骨格

故高田瑞穂氏が、『志賀直哉』という著書の中で、大正文学史の骨格について語っておられるので紹介したい。

即ち、「かくて、明治四十三年以後の文壇が、自然主義の残存勢力と、新浪漫派と白樺派というそれぞれ異なった立場に立つ二つの反自然主義との、三派鼎立の形をとり、大正中期にいたって新現実派と呼ばれる立場に統一されてゆく。これが大正文学史の骨格なのである」と。（作家論の位相――自然主義から芥川への転換の把握――と文学史との類推可）

高田氏の解説に依ると、末期自然派は、人生の再建を願うかわりに、その暗さ、みにくさを描くことによって、かろうじて人生派の面目を保ったにすぎなかった。新浪漫派は、そのような自然派の無気力を、美に対する情熱、快楽に対する熱望によって打開しようとした。美と快楽を認めたところに、新しい世界が展開されたが、それは、自然主義的現実の克服ではなかった。これに対して、白樺派は、世界観的に自然主義を克服しようとする。愛と人道、人間性の尊厳と人類の意志によって、自然主義的人間観を打破しようとする。この時、彼らは励ましたものは、漱石・鷗外をはじめとして、トルストイ、レオナルド・ロダンらの巨匠天才たちであった。それら天才たちの人間性の偉大は、疑うべくもない歴史的事実であると。

（さらに、高田氏は、『谷崎潤一郎』という著書の中で、自然主義と新浪漫派を比較しているので紹介して置きたい。即ち、現実と夢、思想と感覚、真と美の三つが対立の中に、新浪漫派の新しさと生命とが見出されると）

明治四十三年四月に創刊され、大正十二年に廃刊された「白樺」の展開、言いかえると白樺派の運動をふりかえると、大正二年までが前期であり確立期である。中期は大正三年から大正七年まで（黄金時代）であり、後期は大正八年から大正十二年までの約五年間で、既に文壇の主張は新現実派の手に移った。白樺派の老境であると。

第八章　反権力の文学者と非実践的作家

芥川龍之介は、権力との対峙を行わない心情的社会主義者であって、この点、非実践性に於いて自らを罵倒し、叛逆者への愛着のみに終わる有島武郎（『卑怯者』『永遠の叛逆』）や『資本論』及びロシアの文学・思想に傾倒しつつも、哲学には志賀を範とした梶井基次郎とは同質性を有し、漱石や太宰や啄木や、明治二十四、五年以降、質的転換（『内部生命論』）した透谷や小林多喜二（『党生活者』）（「私の母親はその過去五十年以上の生涯を貧困のドン底で生活してきている」「（私は）母の心に支配階級に対する全生涯的憎悪を抱かせるためにも必要だと考えた」）や中野重治（『歌のわかれ』）（「彼（安吉）は凶暴なものにたちむかってゆきたいと思いはじめていた」）の実践性とは異質性を有することを付記したい。太宰は「僕は革命の党員ではないけれども、卑怯な男ではありません。僕はあの人たちと一緒にいつでも死ぬ覚悟を持っています」（『惜別』）と語る。

第九章　ドストエフスキーと近代作家

（序）

ドストエフスキーは、所謂「死の体験」を有していた。それはペトラシェーフスキイ事件（この事件はフーリエ理論〔コミュニズムも含む〕を中心にして、一定の目的意識を持つようになった、ペトラシェーフスキイの会〔毎週、金曜日、彼の家に集う〕に対して、折しもフランス二月革命の余波を懸念したニコライ一世の治下、当局によって一八四九年四月、ドストエフスキーなどは逮捕され、有名な死刑狂言の後、それぞれ、流刑の途へ送られ、ドストエフスキー自身は四年の懲役と後、兵卒勤務〔流刑〕を宣告されたことを言う）である。

その事件は、ドストエフスキーにとって、民衆のタイプ発見と民衆との乖離体験に集約出来よう。別名、土地主義体験とも言い得る事件である。

それを敷衍すると、第一に時間と実存の再検討であったように思う。及び、貴族（旦那）として、他の囚人たちから、忌避（敵対）される。

つまり、生の短時性と肯定（及び否定）との再認識であった。

第二に、ドストエフスキーは、文学への自負（認）の下での、ナロード（民衆）なるものへの接近、深化が流刑後から晩年までの精力的で創造的な創作となって現われた。

日本近代文学者たちは、「死の体験」に準じていたと言える。その事件なりを通じて、生の厳しさ、峻厳な生死観を生涯、持ち続けた。

生の証（し）として、「仕事をしなければならない」という意識を通じて、一般の労働者に対して、多くの仕事（全集はその一つの現われ）を対抗して（いい意味で）やらねばならぬという意識を持ち続けたのだろう。

そのためには、彼ら文学者たちは、技術的に、ドストエフスキー文学の「からくり（方法論）」を媒介にして、一人前の作家たらんとしたのであろう。

その一　夏目漱石

漱石とドストエフスキーの関係、漱石に現われたるドストエフスキーを観れば、それは、「修善寺の大患」と「ペトラシェーフスキイ事件」の考察に、集約的に観られる。

社会主義、小林が語る、「天の目的」（『明暗』第八六節）とは、一体、どのようなものなのだろうか。我々は、「則天去私」が形成された、「修善寺の大患」に目を向けなければならない。

妻、鏡子の日記に依れば、漱石は、明治四十三年八月二十四日、夜八時に、吐血五百グラムを為し、カンフル注射と食塩注射にてやや生気づいたと言う。

「生」と「死」の間をさまよい歩いた漱石であるが、この間の事情と感想を彼は、『思ひ出すことなど』で、語っている。

もう一ぺん吐血があれば、回復の見込みはないものとお諦めなさいと、杉本さんが妻に語ったそうである（第十六節）。「余は一度死んだ事実を、平生からの想像通りに経験した。果たして時間と空間を超越した。……余は余の個性を失った。余の意識を失った。ただ失ったことだけが明白な許《ばか》りである」（第十七節）

漱石は、ドストエフスキーの「ペトラシェーフスキイ事件」を引き合いに出して、自分の「生と死との彷徨」とを比べている。

第二十一節で、漱石は、「白いハンカチを合図に振った。兵士はねらひを定めた銃口を下に伏せた。ドストエフスキーは斯くして法律のこね丸めた熱い鉛の丸《たま》を飲まずに済んだのである。彼の心は生から死に行き、死からまた生に戻って、一時間と経たぬうちに三たび鋭い曲折を描いた。将に来るべき死を迎えながら、四分、三分、二分と意識しつつ進む時、さらに突き当たると思った死が、たちまちとんぼ返りを打って、新たに生と名づけられる時、――余の如き神経質では此二そ象面の一つにすら堪へ得まいと思ふ」と、語っている。

さらに漱石は語る、即ち「独り彼が死刑を免れたと自覚し得たとっさの表情が、どうしてもはっきり映らなかった」と。ドストエフスキーが「思想」のために、自らの肉体的生命を失うことを潔しとしたかどうかがポイントとなって来る。『作家の日記』（一八七三年、16 現代的欺瞞の一つ）で、ドストエフスキーは、「その瞬間、メンバーの誰しも、信念を拒否することを破廉恥とみなしていたに相違ない」と語っている。漱石は、ここで、はっきりとした断定は加えていない。但し、同じ個所で、「余は自然の手に罹《かか》って死なうとした。現に少しの間死んでいた。……九仞《じん》に失った命を一《いっ》きに取り留める嬉しさはまた特別であった」と語り、命乞《ご》いの喜びを表明しているが、その後のところで、「運命のきんしょうな感ずる点に於いて、ドストエフスキーと余とは、殆ど詩と散文ほどの相違がある」と、ドストエフスキーに対して畏敬の念を払うことは忘れていない。思想家、ドストエフスキーを師と仰いだ漱石と言えなくはないのであるが。

ドストエフスキーの「死と生」の彷徨を推測し、分析する漱石の立場は、例えば、戦争に行った人が命拾いをし、無事、帰還し、もう二度と、命をさらす戦争は真っ平御免だという考えか、一度、死んだ自分ではないか。死は恐くはないという考えかの二つに一つの立場に帰着するであろう。
これを結論付ける為に、我々は、漱石の「私の個人主義」を再検討せねばならない。
その中で、「戦争が起こった時とか、危急存亡の場合とかになれば、考へられる頭の人、――考へなくてはいられない人格の修業の積んだ人は、自然そちらへ向いて行く訳で、個人の自由を束縛し個人の活動を切り詰めても、国家の為に尽くすやうになるのは天然自然と言っていいくらいなものです」と、漱石は講演している。〔その他、『明暗』の小林のドストエフスキーへの言及参照〕
ここから、教養人意識と反権力との共存、共生が読み取られる。それは則天去私の思想的側面を言い表わしたものであり、脱自我、脱自己は、権力との対峙を示すものであり、「修善寺の大患」で、一度、死んだ漱石は、「死」を恐れず、国家危急の際には、自己を否定（去私）するのである。

その二　芥川龍之介

芥川の「歯車」（昭和二年）で、「ドストエフスキー全集」「罪と罰」及び「カラマーゾフの兄弟」（『点心』、「大正十四年五月七日付、赤木宛書簡」に見られる）または「悪霊」（大正六年十月三十日付、松岡宛書簡に見られる）の文句を考察する時、龍之介の文学の転換点という「からくり」（方法論）の暗示、示唆をドストエフスキーから得ていたと見ることも出来るが、芥川自身、このことについて、何も多く語っていないから、断定出来ない。「歯車」（昭和二年）で、芥川は「僕は勿論十年前にも四五冊のドストエフスキーに親しんでいた」と語る。（上記の傍点筆者）。

実は、『彼　第二』（昭和二年）で、主人公は「僕はそんなに単純じゃない。独身者、詩人、アイルランド人。……気質上のロマン主義者、人生観上の現実主義者、政治上の共産主義者……」と語っているが、これは、まさしくドストエフスキー及び彼の創作系譜上の方法論を念頭に置いて、芥川が語ってはいないか。（傍点筆者）

ここで、ちなみに、ドストエフスキーの創作上の系譜、方法論を略説してみたい。

即ち、ペトラシェーフスキイ事件に連座するまでの時期（初期）は、空想主義の時代と言われている。『白夜』で示された、空想家のタイプ。このタイプは、初期、中期即ち前期の終わりまで続く。『地下生活者の手記』という過渡期を踏み台にして、後期作品の開始を告げる『罪と罰』のラスコーリニコフの行動へと展開し、飛躍する。『罪と罰』の行動としての現実（「現実への楔《くさび》としての行動」）や生活としての現実（『白痴』）……真摯な生活者としての姿勢——が描かれる。ラスコーリニコフの殺人という行動は、突如として生まれたものでなく、「地下生活者の手記」で開陳された、「ロマン派から腕利きの悪玉

が出て、現実に対する敏感さを示す」へと煮つめられる（傍点筆者）。（ドストエフスキーと芥川の方法論上の一致）

ドストエフスキーの世界観については、『作家の日記』では、作者は西欧派の「革命（社会主義）理論」の機械的適応を斥け、神の心理の形態——黙示録——即ち正教にそれを見ていたのである（一八七六年六月）」と言える。（この世界観が「政治上の共産主義者」に対応する）

以上が、芥川の『彼　第二』で示された、「ロマン主義者及び現実主義者」「政治上の共産主義者」に対応する、ドストエフスキーの見方である。芥川は、ドストエフスキーから、作家論の方法論に依る創作源泉（技術）を得ていたと言える。

その三　梶井基次郎

難解な梶井文学も、平野氏の「作家論Ⅱ」（『平野謙全集』）により、明解に示されている。

同氏に依れば、梶井文学は、二期に分かれる。即ち前期は、『檸檬《レモン》』（大正十四年）『ある心の風景』、『Kの昇天』、『蒼穹（過渡期（筆者註））であり、「闇」を背景に持っているのが特徴である。闇は彼の魂の状態を表白し、彼はこの闇に憑かれている。福永武彦氏からの孫引き（『平野謙全集』）である。

後期は『闇の絵巻』（昭和五年十月）、『交尾』（同年十二月）であり、その世界は闇（虚無）を通過することによって、「光明的なもの」への到達であった。「闇の中腹に電燈が一つ」（ノート第十帖）（筆者註）とある。

実は、筆者が梶井基次郎の名を知ったのは、高校時代の先生で、早大時代、梶井を卒論にしたという、世界観が対極に立つ国語の教師の存在であった。それ以来、四十年間、悶《もん》々として過ごして来て、今回の平野氏の解説で、霧が晴れた思いである。尚、梶井の前期悶《もん》（初期）で、『城のある町にて』『過去』――抒情（闇への）を追記して置きたい。（ゲーテ『ファウスト』第一部の光と闇の考察を参照せよ。――筆者註）

さて、本題でもある、梶井基次郎とドストエフスキーとの関係であるが、梶井は、大正十二年一月二十八日付宇賀康宛書簡で、「本当にドストエフスキーやトルストイは偉大だ。ドストエフスキーなどではたしかにこの段違ひといふ感じがする」と語り、同年二月十日付中谷孝雄宛書簡で、「ドストエフスキー全集を買ったこと非常に嬉しい」と語っている。

今まで、見てきたように、梶井文学は「闇（虚無）」から、「光明的なもの（生への渇望）」への転換、移行であったことが解ったが、これは、ドストエフスキー文学の方法論を踏襲して出来た、文学的結実であったやうに思える。梶井の過渡期的作品『冬の日』（昭和二年）に、「空想」と「現実」の述語が見える。『ある崖上の感情』にも見える。

つまり、ドストエフスキーを抜きにしては、梶井文学は語れないのである。文学の師をドストエフスキーに見なしていた。梶井の書簡に『ファウスト』の記述も見える。方法論の類推（闇と光）も可（梶井の草稿「卑怯者」V参照）。梶井は、文学の内容的にはゲーテを（仮説）、形式的（方法論上）にはドストエフスキーを師と見なしていた。

梶井が晩年深川の労働者街に引っ越して、戦闘的な労働者と共に生活することを計画していた（昭和三年五月付近藤宛書簡）が、このことは、何を意味するだろうか。

梶井は、資本論、「労賃、価格、利潤」「賃労働と資本」を昭和四年頃、読んでいたが、「書くものに就いては生活が動き出して行かない以上、客観的な社会的なものは書けない。……いくら資本論を読みヴァルガの経済年報を読んでも、それが直に小説にならない」（昭和四年九月十一日付北川冬彦宛書簡）と書き、後（昭和五年十月六日付淀野隆三宛書簡）に、「僕たちはインテリゲンチャに刻印された、マルクス主義の公式に諦念してしまって、その公式に従って感傷を起こすよりさきに、まだまだ現実のなかを自ら進んで行く、生活に対する愛着《あいじゃく》がなくてはいけないと思います」（傍点筆者）と書き及んでいる。

その際、「やはり現実から出発するより仕方がないのです」と語っているが、これは、ドストエフスキーの方法論の踏襲（空〔夢〕想家の世界から『罪と罰』の現実世界へ）を念頭にしていないか。マルクス主義理論（『資本論』など）という机上理論（知識）が、現実的具体的民衆（人々）との共感よりも劣ると考えていたのか。インテリの限界を示す例証でもあろう。有島武郎の『宣言一つ』が想起される。

結局、梶井は、ドストエフスキーの方法論を踏襲しつつ、独自の文学を構築した。ロシア文学・思想への共感は持ちつつも、消極的体制派（志賀の延長線上にあり、主体と対象の乖離を許さぬ）（平野氏の評）作家であった。

その四　葛西善蔵

平野謙氏は、その全集第七巻・作家論Ⅰ（葛西善蔵）で、谷崎精二の説を引く。即ち、葛西の第一期は、『哀しき父』から、大正六年に書いた、『贋物《がんぶつ》さげて』『奇病患者』『姉』『雪をんな』などまでであり、第二期は、大正七年三月の『子をつれて』にはじまり、大正十三年三月の『蠢《うごめ》く者』までであり、第三期は大正十三年七月の『椎《しい》の若葉』前後から『湖畔手記』『酔狂者の独白』などをふくむ晩年であると。善蔵の絶筆は昭和二年は四月の『忌明』であった。

筆者は、この三期の区分付けに、概ね賛成だが、敢えて第一期（初期）を空想主義の時代、第二期を現実の世界と称したい。

この区分付けは、ドストエフスキーの創作系譜のそれであることに注意を喚起したい。葛西は、ドストエフスキーの作品について、「自分は沢山のドストエフスキーのものでも、殊に「悪霊」と「狂音楽師（『ネートチカ・ネズヴァーノヴァ』か。――筆者註）」「白夜」それらには特別に懐かしみを感じてゐるものだ。勿論「死人の家」「罪と罰」斯ういう作品には、それから「カラマーゾフの兄弟」それぞれに強い刺激と言ってもよいか……そういうものを受けてきたことは、間違いのないことだが」と語っている（「冗語」――昭和二年）（傍点筆者）。

ちなみに言うと、ドストエフスキーがペトラシェーフスキイ事件に連座するまでの創作系譜は、普通、空想主義の時代と称される。それは、小説の主人公に巣食う性格や言動が、空想的観念的性格を帯びているからである。

『白夜』（一八四八年）において、空想家のタイプが示される。空想家は人間じゃなくて、一種中性の存在で、蝸牛みたいにその隅っこに生えついてしまう。『ペテルブルグ年代記』（一八四七年）で、ドストエフスキーは初期の創作を総括し、「空想家」を「活動を渇望し、直接的な生活を渇望し、現実を渇望していながら、弱々しく繊細で、女性的な性格を持っている人には、だんだんと、いわれる空想癖が生まれてくる」と定義する。

この空想主義は、初期に止《とど》まらず、前期の終わりまで、貫き通っているイズムである。『地下生活者の手記』に於いて、我が二十日鼠《ねずみ》は自己の支柱とすべき根本的理由（基礎）を検索するが、無限に下向して要《かなめ》は見つからず、徒労に終わる。

この検索は無駄に終わらず、直情径行的人間や開拓精神を手掛かりにして、平静に生き、荘重に死ぬ夢想家の表札をはずし、その殼を脱皮せんとする胎動が始まり、自意識と反合理（理性）、即ち意欲の旗印を高く掲げて後期作品への橋渡し（現実生活の歩み）の任務を担っている。

後期四部作に於いて、『罪と罰』（一八六五年）では、「現実への楔としての行動」や「強者（少数者）の優越思想」というラスコーリニコフの思想が、展開される。『罪と罰』では、行動としての現実が、『白痴』では、生活としての現実が、それぞれ開陳される。

葛西の第一期の空想主義の時代について、作品に即して見て行こう。

『哀しき父』では、先ず、「彼は生活から、友から、その種のすべてから執拗に自己を封じて、じっと自分の小さな世界に黙想してゐるやうな冷たい暗い詩人なのであった」とある。つまり、主人公は一種の夢想家なのであった。

次作『悪魔』で、「良吉はつひ斯んな空想に耽り勝になる」とあることから、一種の夢想（空想）家なのであろう。

後の「出奔」では、「旅の後で東京へ出たが、雑然とした都会の空気は旅でセンチメンタルになった私の神経にとても堪へられさうになかった」とあるが、夢想家の一属性であるセンチメンタルが披瀝される。

「雪をんな」では、「彼女は実際に弱かった。ほっそりした肩の、生え際《はぎわ》の美しい、透き通るばかり白い顔してゐた」とあり、夢想家特有の女性の弱々しさと美しさを描く。この点に関して、後の「不能者」で、「僕に取っては、あの女たちは、すべて、美しい夢の中の女たちです。やはり『雪をんな』なのです。しかしたとへ『雪をんな』にしてもが、僕はその基調を、やはりほんとの人間、ほんとの霊魂の上に置きたいと、かんがへて居るのです」と語り、夢想家の空想的観念的性格を言い表わしてはいないか。

次に、葛西の第二期に移ろう。つまり現実の世界である。現実が葛西文学の到達点である。

第二期の開始を告げる、「子をつれて」で、「あの偉大なドストエフスキーでさへ、貧乏といふことはいいことだが、貧乏以上の生活といふものは呪ふべきものだと言っている」と、葛西は語り、『罪と罰』の零落官吏マルメラードフとラスコーリニコフとの居酒屋での会話を読者に想起せしめるのも、意味のないことではない。形而下（現実）の世界の暗示であり、書簡に、『罪と罰』は十日間くらい拝借したい。（大正四年四月付、舟木宛）」とある。

「子をつれて」で、「（これだけの金だから何処からひとりでに出て来てもよささうな気がする）彼にはよくこんなことが空想されたが、併し、この何カ月は、それが何処からも出ては来なかった」であり、それが、「現実」であり、「貧乏以上の状態だ。憎むべき生活だ」ということになる。

最後に、「子どもらまでも自分の巻き添へにするといふことは、さうだ！　それは確かに怖ろしいことに違ひない！」と、締め括っているのである。現実世界が如実に描かれている。

「遁送」では、「彼は、常に緊張した活きた気持に活きると言ふことの歓びを知っている人間だ。それでもまだ自分のやうな生きながらの亡者と較べて、どんなに立派で幸福な生活であるか！」と語り、貴重な活きた「現実生活」が謳歌されている。後世、批評家は、善蔵をリアリストと呼んでいる（「葛西善蔵論」〔宇野浩二著〕）。

「泥沼」では、主人公は、「果してここが現世と言ふ処なんか、斯うした建物も、電燈も、君といふ人間も、俺自身も、果して現実的な存在なのか、それとも地獄とか極楽とか言ふ世界なのか、俺にはよく解らない」と語る。来世に対する現実世界の提示でもある。「暗い部屋にて」では、「ドストエフスキーの白痴の主人公などの性格の持つ魅力と、悪漢の手下を働いてゐるやうな不良少年の群れ――その中には悪虐のことを平気で働いて置いて、今度は恐ろしくヒステリカルに泣き喚いたりしては懺悔したり自分を責め立てたりするやうな、憎むにも憎まれないやうな、近代的と言へば近代的な病的な不良少年のタイプ（ラゴージン、イッポリートを念頭か――筆者註）」と語り、生活としての現実を示す、『白痴』が描写されている。

谷崎氏の第三期の説（相対的な気持ちを超越した絶対境を望んで）は、次に、藝術（家）至上主義との関連で捉えることが出来る。

即ち、第一期（初期）で、藝術至上主義を是認し、第二期で、それを否認し、さらに第三期で、藝術（家）至上主義を、絶対境（スタヴローギンのニヒリズムを中心に据えて）の観点から、是認し、葛西の妻子、愛人（おせい親子）などを捨象して、生活信条（「人ト為り友親ヲ絶ス」）、生活態度、制作態度を高く掲げているのである。

〔第二期の藝術至上主義否認と、葛西の創作系譜上のリアリストは照応する〕

葛西の妻子やおせい親子の存在を超越し得た、葛西の生活態度、創作態度に発する認識は、無政府主義者バクーニン、ニヒリスト（虚無家）ツゲルネーフを引き合いに出している。

スタヴローギンは、「極端な無神論者（「冗語」）で、彼の性格は、用心深く、冷静で、そして徹底的だ」（「暗い部屋にて」）と語る。谷崎氏の言う絶対境とも、照応する。

ちなみに、スタヴローギンのニヒリズムの特徴は次の通りである。即ち、彼の超越思想なるものは、彼の『告白』に集約的に即ち、「善悪の存在を認めず、偏見から自由になること」である。この一切を超越するニヒリズムを完全に貫徹し切れないところに、即ち、「冗語」で、「最後は首を縊って死ぬ貴公子スタヴローギンはたいしたものだ」と語る。

つまり、退役将校スタヴローギンのペテルブルグでの放蕩時におけるマトリョーシャ誘惑事件（後、彼女、自殺）は、その後もスタヴローギンの心にのしかかり、「おのれの意志を完全に支配出来る」体制に危機が生ずる。

（葛西の愛読書は「悪霊」で、スタヴローギンの性格生涯は彼に直接的な刺激を与えたと）

葛西に即して言えば、彼の文学の到達点は、現実の世界（貧乏生活、仕事）である（第二期）が、おせい親子や妻子について、「家鴨のやうに」「おせい」「蠢《うごめ》く者」「血を吐く」「死児を生む」などに於いて描かれ、第二期と第三期では、彼女などへの愛顧にも変化が見られる。この第三期では、葛西の妻子やおせい親子の存在を完全には無視して、藝術家至上主義に走ることが、難しくなったと言えるのではないか。

宇野浩二が、前掲論文で、善蔵は近頃（ずっと前にも）、漱石の「則天去私」をよく口にすると語っているのも頷ける。

結論として、藝術（家）至上主義が八分《ぶ》で、おせい親子への顧慮が二分《ぶ》であり、完全には、藝術至上主義に徹し切れなかったと言えよう。

（年不明の妻宛の手紙に、作家の自覚と妻子への一定の愛情が書いているのも、この論旨を裏づける）

この点、スタヴローギンのニヒリズムの不完結性と葛西の藝術（家）至上主義の不完結性（妻子のため純化出来ぬ）との類推が可能である。

ここでは、葛西が、近代日本文学の確立の一礎石（ドストエフスキーの方法論を媒介にして、さらに「彼は藝術至上主義の生活を実現しようとした一個の英雄である」《広津和郎「葛西善蔵君の一面」》）を築いた功績は見逃せぬ。

その五　島崎藤村

藤村とドストエフスキーの関係は、「破戒」と「罪と罰」の作品間の影響など、及び両作品の創作系譜上の一致という視点である。

先ず、「破戒」について、平野謙氏は、「瀬川丑松《うしまつ》に対する人間的共感（清新なヒューマニズムの芽吹）とその社会的プロテストこそ、作者のモティーフにほかならなかった。……生まれ素性（穢多《えた》）をかくせと遺言した亡父の戒めと「我は部落の民なり」と男々しく社会と対決する先輩の勇気とにはさまれながら、一日は自殺を想うまでに追いつめられて主人公も、ついに破戒の決意をつかむにいたる」（『島崎藤村』）と、モチーフと粗筋を述べる。

天渓《けい》らが『破戒』と『罪と罰』との類似を指摘したことは有名な事実（丑松＝ラスコーリニコフ、敬之進夫婦＝マルメラードフ夫婦、お志保＝ソオニヤ、銀之助＝ラズミーヒンの対応から立論された）であることを、『島崎藤村』で平野謙氏は述べている。

平野氏の蔵原惟人流の政治的立場から論じた、『破戒』論について、一言、述べたい。

平野氏は語る。即ち、「『罪と罰』との比較論においてさえ天渓は重大な面を見落としている。周知のように、ラスコーリニコフの殺人罪は個人的利害にもとづく破廉恥罪とは反対に、社会的矛盾に身を挺した政治犯人にも似た自己抹殺の精神に出発したものである。ラスコーリニコフをあやつる作者の頭脳に、当時のナロオドニキのテロリズムが明滅としていたことは疑えぬ事実であり、その意味でそれは単なる「道徳的問題」をこえている。同様に『破戒』も単に一部落民の「恋と名」の悶えや地方的偏見をこえたひとつの普遍的問題を示唆している」（『島崎藤村』）と。

ここで、「普遍的問題」とは、具体的に何を意味するのか、よく解らぬが（一応社会性と考えられるが）、その意味で、両者から「共通の地盤」を引き出すことも可能（同掲書）について、筆者は、いささか疑問を持っている。ラスコーリニコフの殺人という行動は、「紛れもない悪党が、潔白な魂を持ち得、我がロマン派の中からは、絶えず、腕ききの悪玉が出て、驚くべき現実に対する敏感さを示す」（『地下生活者の手記』）や、安料理屋のむだ話「みずから決行するのでなければ、正義も何も存在しない！」を耳にして、そこに一種の宿命、啓示を感じ取る（『罪と罰』）から生まれた。敷衍すると、現実への楔としての行動であって、ラスコーリニコフの殺人理論は、平野氏の見解と一部、異なるが、平野氏が見落としていることは、「精神の自由（現実媒介）」である。蔵原氏は、ラスコーリニコフの思想の半分しか理解しておらず、つまり（確かに）、「罪と罰」には、少数者・強者（非凡人）の優越思想はあるが。

ドストエフスキーは、『罪と罰』に於いて、夢想家と決別した、現実への投企を果たした。この意味で、藤村との類推が可能である。『破戒』（詩——浪漫主義からリアリズム小説へ）の新しい小説は確立した。

その六　太宰治

太宰は、「フォスフォレッスセンス」（昭和二十二年）という小説で、夢想家という用語を現実家と対比して使っているのであり、この意味で、ドストエフスキーとの類推が可能であり、太宰が彼から、作家論の方法論に依る創作源泉を得ていたとは興味ある事実である。

このことは、太宰文学の創作系譜、即ち前期世界（ロマンチシズム）から、後期作品の開始を告げる、『正義と微笑』（昭和十七年）で示された、「リアリストの登場へ」という創作系譜との類推が可能であろうことを意味する。

太宰のドストエフスキー文学の読書遍歴は随所に見られる。『罪と罰』は『人間失格』に、『白痴』は『碧眼托鉢』に、スタヴローギン（『悪霊』）は「狂言の神」に、『カラマーゾフの兄弟』は「虚構の春」に、ネルリ（『虐げられし人々』）も「川端康成へ」に於いて。

その七　野間宏

最後に、戦後文学とドストエフスキーの関係について、一言、言及して置きたい。

平野謙氏は、『昭和文学の可能性』において、小林秀雄『私小説論』の見透かした論理的帰結（実生活のうちに「私」が死に、作品の上に「私」の再生するという断絶のテーゼ〔フローベール流の〕が、マルクス主義文学の出現によってはじめて我が国にも可能となった）が一応実現されるには、野間宏、椎名麟三、埴谷雄高らのいわゆる第一次戦後派の擡頭《たいとう》まで待たねばならなかった、ということであり、その第一次戦後派が私小説とプロレタリア文学とをよく止揚し得たのは、ドストエフスキーを先覚とする二十世紀小説（ジッドやプルースト）の方法を媒介したからこそであると語る。

この野間宏などのドストエフスキー受容関係について、具体的に述べる、筆者の能力も時間もないので、平野氏の説の紹介に止《とど》め、今後の筆者の課題としたい。

第十章　自己の微小視

この自己の微小視というテーマは、日本近代文学史などにも見られるのである。

鷗外は、自己を越えた権威をいかにして樹立させるかの問題に帰着。ゲーテ（外国文学者だが、鷗外、透谷、梶井が特に好んだ作家であるので、一応、取り上げたい）は、神の前に、人間は不安定、空無、弱い存在であるとの洞察。太宰は、労働者を全面的に讃美せず、文藝の力で、人間精神の改造（内的変容の実現化）を図ることを主張。芥川は藝術の下僕を宣言、志賀、国木田独歩の自然を前にしての微小意識。特に独歩は、「自然は神なり」と称す。

以上の、人間の微小視という人間否定は、自然主義（徳田・白鳥など）の人間肯定と著しい対照を為す。

筆者は、学問の偉大さの前に、如何に自己が未熟で、弱小存在であることを悟った（ゲーテの『ファウスト』第一部・冒頭参照）現在の心境である。

第十一章　同伴者作家広津和郎

第一節　序（虚無から楽天へ）

広津は、随筆「虚無から楽天へ」で次のように語っている。即ち「この『性格破産』の虚無感を克服しようという自己闘争に、私は半生を費やして来たようなものだった。そして五十歳を越えたころから、どうやらその暗い虚無感が次第に私の心から消えて来て、年を執るにつれて私は楽天的になって行く」と。

さらに、広津は本誌に『泉へのみち』を書いたが、あの女主人公波田野京子やその相手となる青年金沢は、私のその楽天的な気持ちが創作した人物であると語る。

『神経病時代』『風雨強かるべし』『苦い喜劇』『狂った季節』の無力的虚無感との格闘時代から、『泉へのみち』の楽天的な気持ちへの転換があったとみてよい。

後に、広津は、随筆「戦争は私を変えた」で、「このニヒリスティックなものが薄らぎ、人生に対して肯定的になって来たことも、やはり戦争のたまものだったろう」「人命の重さというものをいやという程感じさせられたからであろう」と語っている。

ちなみに、広津が終戦を迎えた年は五十四歳の時であった。即ち、「戦争が済んで見たら、そのニヒリスティックなものがいつか胸から薄らいでいた」と。

このことは、先の「虚無から楽天」で、「五十歳を越えたところから、虚無感が消えた」と相応するのである。（傍点筆者）

広津は、「『無』が私のよりどころ」という随筆でも、若いころの私を陰気にしたのもこの「無」であり、しかし五十歳を越えてからの私の心を明るくしてくれたのも、やはりこの「無」であるように思うと語る。

総括しよう。楽天的な気持ちとは、虚無感が薄らぎ、「無」から出発して、生きている間の生を肯定しようというような気持ちを言うのであろう。そういう心境になるために、半生を費やして来たと、彼は語る。

この心境は、平野謙氏の指摘、即ち「広津和郎が現実、人生、実人生という言葉はつかっているが、社会という言葉は全然つかっていないことである（小説『青麦』では「社会機構とトルストイ」について語っているが――筆者註）。これは戦争遂行中の日本社会を結婚の相手にえらぶ気がなかったことの無意識なあらわれだろうし」（『昭和文学の可能性』）と語る点と軌を一つにしているであろう。

第二節　作品論（虚無感から楽天へ）

「虚無から楽天へ」の位相及び転換点を作品に即して述べて行きたい。

その一　『神経病時代』

先ず、『神経病時代』であるが、この作品では、虚無感の呈示で小説は始まる。即ち、若い新聞記者の鈴木定吉は近頃憂鬱《うつ》に苦しめられ始めた。その憂鬱が彼にはいろいろの方面から一時に押し寄せて来るように思われた。彼には周囲の何もかもがつまらなくて、淋しくて、味気なくて、苦しかった。第一には彼の家庭である（第一節）と。

小説の最後は、「芸術と結婚とは一致して始めて完成されるんだ。……僕はそう言って罵倒している中に胸が清々して来たんだ。痛快になって来たんだ。……ああ、もう七年の恋もこれで終わりかと思ったら僕は淋しくって、淋しくって堪えなくなって来たんだ」と定吉は語り、虚無感の存続を宣言している（第九節）。小説の初めと終わりの間に、「ああ！　給仕を撲った」（憤怒と羞恥と自己愛情との感情）（第七節）及び「憤りと憎悪と浅猿しさと自己哀憐とがごっちゃになって、重苦しい瓦斯《がす》がふくふくと泡立っていた。――彼はその朝始めて妻のよし子を撲ったのであった」（第九節）があり、何れも行為と反省の弁舌が描写されている。以上が、『神経病時代』の無力的虚無感の提示であった。

その二　『風雨強かるべし』

次に、中期の『風雨強かるべし』に於ける、無力感的虚無主義は、本論稿、第三節（広津と同伴者文学）で、幾つか述べる点は割愛するが、駿一は、「ハル子との恋を避けて、誘惑に打ち勝って、さてその後に心に来たこの後悔は？」「俺のこの安全地帯に一体何があるというのだ？　あるのはニヒルだけだ。積極性などの少しもないニヒリズム。……文字通りの虚無そのもの……」（第六章五節）と語る。

ブルジョアの子女ヒサヨは洋裁に希望を持ち、謙遜ながら自活の道が立てばそれで満足だと思っている。この点、駿一（ヒサヨの後の夫）は、サラリーマンを、自分のためにではなく、彼とは関係のない資本家の利益を増すために、働くなどということが出来るだろうかという感慨をもらす。高文試験を通って官吏になったところで、今のあの役所などが彼にやって行けるだろうかと疑問視する（第十章五節）。

この「資本家の利益を増すために云々」は、他の箇所で、即ち、「銀行利子から生ずる（亡父の遺産）とは何だ？　俺が直接資本家として搾取しないでも、沢山の人々が額に汗して働くからこそ浮かんで来る余沢じゃないか。間接に俺が労働者を搾取することになるわけじゃないか」（第十章二節）とマルクス経済学のイロハを展開しているのと符号する。

駿一の「サラリーマン、官吏志望拒否」は妻ヒサヨの仕事（洋装店）について、「僕は君がこういうことを思いついてくれたので、実際助かったと思うよ——駿一は大学の語学力、知性を生かし、商店経営学、外国の流行雑誌とか、そういう書籍を買って読んだ——そうでなければ、何をするのも厭、彼《かに》をするのも厭で、だんだん虚無に食いつくされて行くより仕方がなかったんだからね」「あの憂鬱《うつ》な考えから一所懸命働くことによってのがれられるということは、何と愉快なことであろう」（第十五章四節）という感慨、感想をもらす。

以上、無力的虚無感（虚無的ペシミズム、ニヒリズム）との格闘という問題意識の描出であった。

その三　『狂った季節』

最後に、『狂った季節』では、先ずニヒリスティックな考えとその格闘の問題が主人公寒三の頭に浮かぶ。即ち、「自分が無為故にこの国の指導者に結局協力していると同じこと」「政治は心の中で否定しても何の役にも立たぬ」「それを否定するためには、行動に移らなければならない」「何だって愚劣な戦争をするのだと怒鳴って歩くか」「同志を求めて政治運動に飛び込むか。凡そ政治運動などに向かない自分にそんな地道な忍耐をつづけて行くことが出来るだろうか」（第八節）と。

寒三は、瑠璃子《るりこ》について、「異性の友達を持つのも楽しい（浮き浮きさせて）。当分は友達として平行線をつづけて行こう。その方が自由を保って行ける」（第十三節）と恋愛に突入せずに済ませる信条は、『風雨強かるべし』の駿一のハル子への「安全地帯（主義）」（第六章五節）という態度と、軌を一つにする。

寒三の無為（虚無感）との格闘は、一つには、絵を画くことであり、トミとの愛欲は本当の恋愛とは違うが、不愉快なものではなかった（第十四節）。

「平行線」を保った友情も、新宿街頭で愛国婦人団体に向かって抗議を叫んでいた、瑠璃子は決して非常に性格の強い女でなく、弱い心の叫んだ怒鳴った彼女（第十四節）に対して、寒三は「自分一人で生きるのではなく瑠璃子と一緒に生きるということが、こんなにまで心の状態を変えて来るものなのだろうか」（第十七節）と、彼女に責任を感じてさえこんな風に心持ちに変化が起こるのであることから、世の中に対して「責任」を感じることへの変化がある。

寒三はこの十何年間は無為に過ごしてその罪を「時代」に帰して、自分では怠け放題怠けて好い気になっていたが、自分を「無用人（《・余計者》）などと苦笑いしているだけで、人生の解釈がつくものでないことは、決して知らないわけではなかった」と解釈する。

寒三は、トミと瑠璃子との三角関係にピリオドを打ち、瑠璃子に対して、彼は愛情が全身に勃発して来るのを覚えた。今日はそういうまじり物のない心から溶けるような安心し切った愛情であった。「僕の子供を生むんだよ。僕は君と結婚するよ」と彼は彼女の耳に囁《ささや》いた。生まれて始めて幸福な言葉を自信をもって口に出し得た喜びであった（第十六節）。（傍点筆者）

ここに、「いま『神経病時代』（『彼は若い女と同棲した。二人の生活はうまく行かなかった。彼女を撲った。責任を誇り、女を捨てる男が世の中に沢山いるのに対して情熱と自己の優越感とを感じた』）、『やもり』（「あなたは責任をのがれて、逃げ出そうということなど出来ない人なのよ」）、『死児を抱いて』（「何から何まで僕の責任です。あなたを愛そうと思っています。けれども、どうしても愛が起こらないんです。愛が……」「恋愛でなくとも愛憐《れん》（よし子への感情）でいい。『感謝』でなく、『愛』それが私の望みなのでした」）を通読すれば、アクセント（力点）の打ち方こそ違え、みな愛なき結婚とその責任を共通の主題としていることも明らかとなる（『平野謙全集』第七巻・作家論Ⅰ）

からの小転換を『狂った季節』の寒三（愛のある結婚）は示している（彼女への愛と比例して時代への関わり《虚無感克服志向》も示される）。（傍点筆者）

研究事項としては、『やもり』の性格破産者という問題意識が、『狂った季節』のオブローモフ主義の無為を押さえて置く必要がある。

『狂った季節』では、職業選択に「英語を教える」「古（貸）本屋」という、虚無心との格闘とその脱出への暗示が試みられる。

最後に図式で示せば、「瑠璃子への愛」（結婚を希望）で、仕事を探さねばならぬ点から、責任を感じて、時代との虚無感（無用人）の克服への暗示となる点を押さえて置く必要がある。

その四　『泉へのみち』

広津和郎は、前期（初期・中期）の創作の系譜、即ち『神経病時代』『風雨強かるべし』『狂った季節』の無力的虚無感との格闘時代から、後期の『泉へのみち』の「楽天的な気持ち」へという転換を為し遂げたと言える。

広津は、作家論の方法論に依る創作源泉をチェーホフから得ていた。虚無主義から生活へ。

『泉へのみち』では、第一節（序）でも述べた、波多野京子とその相手となる青年金沢の二人に、「楽天的な気持ち」が形象されている。

その際、女主人公京子では、「明るさ」「善意」が強調され、青年金沢では、「本（学問）」が到達点となって、「楽天的な気持ち」へという転換が図られる構図を取る。

先ず、京子について、小説の冒頭、彼女の就職（入社試験の面接）への決め手となったのが、「明るさ」であることが説明されている。即ち、「彼女のずば抜けた明るさと率直さとが、同じような答えを判で捺したように答える志願者のなかで、特に一人目立ったのであろう。それで彼女が採用されることになったのであろうが」（第一節）と。

入社を果たした京子は、さらに、「人見知りをしないということは、彼女の性情の明るさから来ているらしく、又少しぐらい不愉快なことにぶっつかっても直ぐ腹がたったりしないのは健康な血液が……」（第六節）とある。

編集局に誰もいない時、彼女は同僚から、「あなたが入社されてから、社の内がぱっと明るくなって来たような気がする」（第六節）と言われる。

小説も終わり頃、彼女は金沢から、「君なんかもっと明るく朗らかであって好い筈なんだがね。その方が自然なんだがね」と言われ、京子は、口では苛立ったようなことを言っていながら、いつか心持ちは妙に明るくなっていた。（第二十五節）

京子の場合、「楽天的な気持ち」の実体として、この「明るさ」と共に「善意」が示される。

「可愛らしい善意、何と悲しげなか弱い善意、嵐が来れば吹きとばされそうな善意！——と京子は考えた。——併し吹きとばされ、押しつぶされても、人間の心はまたそういう小さな善意の積み重ねで再建して行かなければならないであろう」（第二十三節）と彼女は考え、これに付随して、後に、「絶望するには当たらないよ。クルリさんはクルリさんで、大いにその善意で生きて行けば好いんだよ」と金沢は語るのに対して、彼女「善意なんて、心細い気がするんです」と答える。これらのことを総括して、金沢は彼女に、「何処までも絶望しないでやって行くんだね。多少鈍感にのんびりと」（第二十六節）と語る。（傍点筆者）

一方、金沢の方は、「楽天的な気持ち」の実体、到達点としては、「本（学問）」であることに注意を払いたい。

まず、「虚無主義者のような不機嫌な無表情の中に、時々心の鋭い閃めきを見せる金沢の顔も、彼女（京子）には忘れられなかった」（第十五節）ことを前提に置いて、次の金沢に関する文章を見て行きたい。

即ち、「彼は学生運動の先頭に立ったということも事実であるが、それから抜け出してしまった時分のことを思い出していた。抜け出して暫く、彼は妙な虚無観や絶望感を見たようなものに囚われた。生来本を読むことの好きな彼は、自棄に陥るようなことはなかった。彼はいろいろなことを知ることに興味があったし、物を観察していることなどに興味があったし、それらが彼に生きる興味を与えていた」(第十六節)と。

ここでは、「虚無観や絶望感」から「本(知ることに興味)」へという転換を押さえて置きたい。

後に、京子は母に金沢について、「私にも解らない部分があるけれど。でも、学問なんかなかなか出来る人のようよ」と敷衍されている(傍点著者)(第二十一節)。

さらに、京子は金沢と議論する、金沢は語る。即ち「政治の中に飛び込むについて、そういうことに向く人間と向かない人間とがあって、自分は向かない種類に属する方なのだ」「学生時分に学生運動の先頭に立ったりしたが、それから離れた理由として次の三つがある。第一に、運動の指導者が政治オールで人生を割り切ろうとする物の考え方に疑惑を感じたこと、第二に、物事を画一的にキメてかかろうとする態度について行けなくなって来たこと、第三に、物事に当たって内省的になる傾向が彼を立ち止まらした原因であった」「そんなこんなで彼は一時憂鬱になり絶望になるが今はその原因を調べて見たいという興味の対象に変わってきたと解釈すべき――彼はいろいろの文献から、それを調べることが面白くなってきたのである」と。

ここでは、「憂鬱、絶望」から「文献調査」へという転換を把握したい。つまり、第一に、前期(『神経病時代』『風雨強かるべし』『狂った季節』)という無力的虚無感から、『泉へのみち』の楽天的な気持ちへの転換であり、第二に、『泉へのみち』それ自体に上記の転換が縮図として、凝縮して現われていることを押さえて置きたい。

再度、『泉へのみち』のまとめを行って置きたい。『泉へのみち』で、「絶望しないで、善意で、のんびりと」「絶望から文献を調べる興味へ」とか論じられているが、実は『青麦』で、「虚無感」と「絶望」が同義的に使われている〈第十章一節〉ことを付記して置きたい。参考になるかと思う)

第三節　広津と同伴者文学

広津の同伴者文学であるが、先ず、同伴者文学の定義を試みて見よう。

それは、ソビエト文学で使われた用語で、「ピリニャークは『同伴者作家』(急進的な共産主義イデオロギーはもたぬものの、革命を受け入れ、その理想を支持した文学者を指す)で、彼は、ベールイやレーミゾフを思わせる実験的文体の『裸の年』《一九二一年》で、革命の自然力を描いた」(『新版ロシア文学案内』、岩波文庫)とある。

日本の同伴者作家である、広津和郎の場合、戦前、共産党がまだ革命の前衛組織であった時期に、その系列の組織には参加しないがそれへの支持の立場で書かれた作品を「同伴者文学」と普通、言われる。

以下、広津の同伴者文学の作品を『風雨強かるべし』『青麦』『真理の朝』に於いて見て行きたい。

1　『風雨強かるべし』

イ　女闘士ハル子の変化

政治活動家ハル子は、二カ月の留置場暮らしから出獄し、駿一の好意（生活費の援助）で、仲良くなり、脚気の病気（留置所の湿気と運動不足から生じた）も治療で快方へ向かい、二人でレコード鑑賞（ベートーヴェンのシンフォニー、京橋から新橋の間の蓄音機屋の、新版のレコード）や「銀ブラ」での喫茶店通いなどを通じて、親しくなり、ある日、ハル子は、駿一に「プラトニックな恋愛は厭だと」求愛し接吻を迫るが斥けられる。

ハル子は、夫八代への面会のためにＫ署に行きそこで、刑事から、「あんたぐらいの美人だったら、転向して、結婚して一生を平安に暮らせるものを」と言われるぐらいの美人で、湯ケ島に出かけた駿一（ブルジョアの若紳士）の一生を頼って、夫八代の変節（美人娘横山さち子との同棲発覚）を契機に、駿一のいる湯ケ島（修善寺）へ向かう決意をした前月、同志時宗と駅で邂逅し、Sの会合に出席してくれと頼まれ、修善寺行きを延期する。

去年の夏以来、丸一年以上会わないが、一時も忘れたことのないハル子——先日、電話でもう一度掛けて呉と催促したが、とうとう掛けて呉なかったハル子！——でも、ある烈しい弾圧の間によくまあ無事でいたもんである。

駿一は、マユミを軽井沢に訪ねるべく、自動車で駅に出かけ、その途中、ガソリン・スタンドでハル子に邂逅する。その時の描写である。即ち、「ドアのハンドルに手をかけると、急にハル子が頭を振った。そして大きな眼を瞠《みは》って彼の顔を睨みつけた。何という凄い眼附、威厳のある、真剣な眼附。『黙って、黙って！　口を利いてはいけない。私を知っていることを示してはいけない！』とその眼附は厳かに命令していた」「大東京の真ん中にガソリン・ガールとして、この弾圧の中を、ああして身を匿しているのか。——あの凄い鋭い眼附、命を的に戦っている人間の真剣と警戒とを現わした眼附——」「いくら弾圧が烈しくとも、その裏を潜って潜行運動を続けて行くめげない魂」である。「真理」貫徹のため、世の中へ出たハル子であった。

以上、女闘士ハル子の全三期の変化である。

ロ　プチ・ブル層への享楽主義批判

ハル子は、駿一との生活を、プチ・ブル層の無気力な享楽主義と夫八代は見るだろうかという感想をもらす（第五章二節）。

駿一は、「ハル子の恋が得たさに、それだけのことで、自分のような人間がそういう運動に飛び込んで行ったら、それこそ滑稽な、悲惨な目に遭わなければならないだろう。……恋する女がそれをやっているからというだけの理由で、運動へ出発するとしたら、動機そのものが既に不純で薄弱だろう」（第五章三節）という感慨をもらす。

ハル子は、「『民衆』ということを考えた。――何という自分と無関係な民衆であろう。自分たちがこの働く人々のために戦い、苦しんでいるのに何という無関係な、冷たい顔をしている民衆であろう！……虚無的な考え方だわ」（第八章三節）と考える。

さらに、彼女は「文学書を読んだり、よいレコードを聞いたり、物静かな上品な趣味の中に隠遁《いんとん》してこの世を送る。――おお、そんな生活がいつまで許されるか。……虚無と無為のプチ・ブル層の生活、時代の渦巻に眼をとざして自己を糊塗《こと》し欺瞞している生活！」と考える（第九章三節）。

駿一は亡き父からの遺産（三万五千円）について、「無一物の大衆から観れば、自分はあまりに恵まれ過ぎている。而もこれくらいの金でもあるからこそ、それを頼りにして、自分は無為を選び、何もしないで、唯虚無的な廃滅して行くような怠惰の思想に、腹の底まで腐って行くのだ」（第十四章一節）と思う。

以上、駿一、ハル子のプチ・ブルジョア層批判の抜粋である。何と、現代の我々にも、身につまされる警句、指摘であろうか。

ハ　同伴者文学の藝術性

飯島の小父、千太の娘（マユミ、ヒサヨ）の二人について、千太の後妻銀子と黒田（後《のち》、秘密の関係を結ぶ）は経済的策謀（ヒサヨと農林省の役人、柏原卓一課長との見合いとそれで農林省から何か利権（山林の払い下げ）及び（柏原の兄の便宜）（鉄道省で好い顔ゆえに）を画策し、当てにしていたのである。

妹マユミは、ヒサヨに対する競争意識から、あの柏原を自分の手に奪おうと夢中になっている（第十一章七節）。

マユミの意図（青二才の駿一よりも、柏原農林省の課長――直ぐ局長、次官、どっちが利口だか解る）（第十二章三節）と千太の頼み（ヒサヨと駿一との結婚）（第十一章四節）が続く。

念願の柏原家の娘となったマユミは夫について、「てんで理解なんていうものが夫婦生活に必要かどうか、そんなことも思っちゃいないらしいのよ。女なんか道具か何かのつもりでいるらしいのよ。……根は実に封建的で、女房の人格なんていうものは、てんで考えて見ようとしない程横暴なのよ」（第十五章三節）と語る。

話は、マユミの夫、農林省林野局山林課長柏原卓一の逮捕（容疑は、長野県の山林払い下げで、一万円宛二回贈賄し、斡旋方を依頼した理由から）さると新聞報道あり。

今回のことに関して、ヒサヨは次のやうな感想をもらす。即ち、「順調に育って来たヒサヨに理解出来ない人生の淋しさを、妹（マユミ）が胸の底にたたえ、自分と駿一とが接近すれば、それに嫉妬して、そして最後に、自分に柏原の縁談が、持ち上がったと知ると、柏原に喰い入ったことも、片意地な競争心の現われだった。「可哀相なマユミさん！」わたしにはあなたの淋しさ（孤独）が解らなかったの」「マユミが柏原家に嫁いで行った時、自分は心の何処かに何か厄介払いをしたような安堵を感じたことを、否定することは出来ない。何という利己的な自分であったろう（傍点筆者、第十五章六節）」と。

夫の悲報に接したマユミは失踪し、義姉ヒサヨは、マユミの置き手紙（「何も申し上げません。マユミは淋しいへところへ行って、自分というものをよく考えて見ようと思っております」）から、彼女が軽井沢へ行ったことを、ヒサヨは察知して、妹に会いに行くべく、上野駅へ車をとばすところで、ヒサヨは、「今度マユミさんをつれて来たら、私は東中野から当分放しゃしないから。そして慰めて可愛いがってやるから。ねえ、あなた、そしてマユミさんにもあのお店（駿一の父からの遺産金、二万円を出資し、開店〔洋装店〕する）で働いてもらいましょうよ。そして三人して協力してやって行きましょう」（第十五章七節）と提案し、大駿一からの「ああ、僕もそういい出そうかと思っていたんだ」（同上）という早速の同意を得る。

官吏にもサラリーマンも希望せず、妻ヒサヨの経営する洋装店で働く決意をした駿一の感想、即ち、「僕は君がこういうことを思いついてくれたので、実際助かったよ。それでなければ、だんだん虚無に食いつくされて行くより仕方がなかったんだからね。……無駄虚無に取りつかれるよりは、何でも早く人間は働かなくちゃ嘘かも知れないね」（第十五章四節）と。つまり、取りとめのない憂鬱《うつ》な考えから、一生懸命働くことによってのがれられることとは、何という愉快なことであろうと駿一は、人生を振り返って考えた。

結局、初め、反目し、冷たい関係であったマユミとヒサヨは、駿一との幸せな結婚と充実した仕事と相まって、第二の人生を歩むことを志向して、小説は終わる。

以上、心温まる人間味あふれる、同伴者文学の藝術性を高らかに歌い上げた作品（名作）と言えるであろう。

(2)　『青麦』

この作品を次の六点に於いて、見て行こう。

第一に、尾形貞蔵の職業は会社人（美術関係）で、過去に、プロレタリア美術団体に加入し、「その左翼頽勢《たいせい》の末期に近く、沢山の犠牲者の救援に動いたモップル方面で多少働いたものだから、とうとう半年近くも各警察から警察へとタライ廻しを食わなければならなかった」（第一章二節）という経歴を持ち、所謂転向者であり、このことについて、『青麦』の続編にあたる『真理の朝』で見てみたい。即ち、「彼が美校を出た当時、あの画壇の新運動は、イデオロギー的には、寧ろ左翼運動などとは背馳《はいち》しなければならないものであった」や「このモップルに携わって、留置場生活の半年を過ごして来ると、もう実際彼には何の気力も情熱も残っていなかった」と。（第一回一節参照）

この尾形の転向者意識と較べて、彼の妹フミヨの恋人小泉は、革命運動組織の解体で孤立し重く病み（呼吸器障害）ながら、闘う意志を持ち（絶望しながらも）続けた人であった。

第二に、作者も「あとがき」で認めているように、「稲本一馬なる人物は、多分読者に福本和夫氏（福本イズムで著名――著者註）を連想させたであろうが、作者の頭にも福本和夫氏を置いて描いたことは確かである。が、厳密に福本氏をモデルにした訳でなく、かつて、福本氏と、菊富士ホテルで同宿していたが、口を利いたこともない」とある。

第三に、貞蔵は、稲本一馬のかつての妻で、稲本のあいだに生まれた子供を育てていたのが、獄中からの稲本の指図で奪い去られたのを、春江に頼まれて京都の稲本の弟（大学教授）のところから取り戻す、というようなこともする。ひたすら愛情を傾けて育てて来た母親の手から強引に奪い去る一方的な父権の主張を容認出来ぬ作者の態度が描かれる。

即ち、「貞蔵はホテルの自分の部屋まで純一を連れて来ると、掠奪《りゃくだつ》されたものを、掠奪し返したということが一層うれしかった」（『真理の朝』第三回）、「あの子を自分の思想の犠牲にする気か何かでいて！……ねえ、何というお目出度い空想家だわ」（『青麦』第十一章一節）、「純一を自分の後継者にし、あくまで戦う人間に鍛え上げたいと云っている言葉は、今の社会情勢から云えば寧ろ滑稽に近いと思われるだけ、それだけ又心を打つものがあった」（第六章三節）とある。

第四に、フミヨは明るく清潔でしっかりしていて、生活力にあふれ、女性に対する当時の職業上の差別を知恵と活気で切りぬけてゆく。

これを小泉の言葉で言うと、「女がこの社会で特殊待遇しか受けていなかったというのに対して、自分の個人的な反抗から、男と対等の道が切り拓《ひら》けて行く――それが楽しいと思うから、愉快なんだよ」（第十章一節）となる。

作中で、具体的に示すと、即ち、「これで彼女は第三番目の広告が取れたわけである。一つ一つの努力が効果を現して行く楽しさ、征服の喜び――彼女の胸は幸福と得意に一杯になった。一つ一つ自分の道を切り拓いて行くということは、何という愉快な生き甲斐のあることであろう！」（第七章二節）と。

フミヨは、さらに、職場の同僚の男の人間らしさを見抜いて進んで彼に近づき、彼の肺結核に苦しみ伝染の危険さえ濃厚なのに、ひとすじに愛するようになって進んで結びつく。

即ち、「この朗らかな、明るい、美しい少女が、自分を愛して来ようとは！」「理論なんかの問題じゃないと思うわ。二人がお友達なら、何でもないじゃないの」「僕は病気なんだ。ね、フミヨさん、僕は呼吸器が悪い、肺が悪いんだ」「ねえ、お友達でいけなければ、愛人なら……わたし、あなたを愛していますの」「わたし、お目にかかった最初からあなたを愛していましたの」「わたしその間あなたの生活のことは、私に見させて頂きたいと思うの。私あなたと二人分働いて行ける自信がありますの」（第十章一節）「あの小泉さんね、やっぱり左翼だったのよ、私の兄なんかと較べると、大分深入りしていたのよ」（第十一章五節）「こうして二人の同棲生活が始まった。食事も新鮮であり、洗濯まで（二人の肌着を洗う）が新しい興味を与えた。愛する人のために働くということは、何という幸福なことであろう」（第十章三節）と。

以上が、フミヨと小泉の思想的同一及び愛の生活の描写であるが、一方、貞蔵の方は、ヒナ子との愛欲（恋）の生活が描かれる。

即ち、「彼女がブルジョワの娘であり、この女の美、若さ、朗らかさ、無邪気さ、機知、媚態（コケットリー）――そんなものは、実際イデオロギーの上から言えば唾棄《だき》していたものであったが、それに自分（貞蔵）は惹きつけられているのだ」（第八章三節）「このヒナ子が自分のものになったら、自分はもう何も要らない。恋愛の幸福なんて個人的な問題だって！　左翼全盛の頃にはそんな言葉がはやったものであった」（第十二章三節）、「元来これが人間の生活（ヒナ子との生活――筆者註）であるべき筈で、あんな政治運動に狂奔するなどは、本当は生活ではないのである」（第十四章三節）とあるが、この恋も破局に終わるが、フミヨと小泉の恋愛を貞蔵の恋と較べると次のようになる、即ち、「フミヨの愛人の小泉が、左翼壊滅後、苦悶しているあの憂鬱さを思い出すと、貞蔵はこの自分の幸福への理論付けが、ちょっと恥ずかしいような気もしたが、併し恥ずかしがることなんか何もないのだ、と自分に言い聞かした」（同上）と。

第五に、小田切秀雄氏が解説で述べているように、小泉が、かつて全協の内部で、労働組合が政党と同様に「天皇制打倒」のスローガンを掲げるのに反対し、二年の獄中生活から出て来て、コミンテルンの新方針について思いをこらしている、として描かれているのは地下深《ふか》くでの革命運動再検討の動向を、作品中に微妙な仕方で反映しているものとして興味深いものがあると語る。

第六に、先にも書いたが、共産党がまだ革命の前衛組織であった時期に、その系列の組織には参加しないがそれへの支持の立場で書かれた作品を同伴者文学（小田切秀雄氏の解説に依る）というが、『風雨強かるべし』などによって同伴者作家の重要な一人となっていた広津によって書かれた、いわば最後の同伴者文学がこの『青麦』（および『真理の朝』）だといってよい。

(3)『真理の朝』

I 序

この作品は、『青麦』の続編であるし、内容上、重複している箇所（順一奪還、貞蔵とヒナ子との恋の破局）もある。ポイントとしては、「オブローモフ主義」「観念的」「プチブル」の三点にまとめられる。

依って、この作品は、保守・反動的作品と言えるかも知れないが、社会変革者小泉の

「最後の病床の場面」（死、通夜、葬式）を扱っている点、同伴者文学の面目は保たれている。

（即ち、「フミヨの手紙によると、あの小泉は、この情勢の間にも、何かをやっているように見える。……あの結核患者の絶望が、他に生きる道を考えさせないのかも知れない」（『真理の朝』（第一回一節））、「（貞蔵が小泉の臨終の床を見舞った際）小泉に対して、貞蔵はまだ心からの親しみを感ずる程、長くも深くもつきあっていなかった。自分などよりも、運動の方に深入りしていたらしいことと、自分などがいつかニヒリズムの靄《もや》の中に逃避してしまっているのに、この男がいつまでも真剣に苦しんでいるらしい様子とに、漠然とながら或圧迫を感じこそすれ、この男と手を取り合って見たいような親しみは、とうとう一度も感じて来なかったのである」（『真理の朝』最終篇）と。）

むしろ、その積極的意義は、貞蔵の仕事、即ち労働（工房の仕事）と『青麦』との対比に依って、描き出される。

II　《オブローモフ主義》《観念的》《プチブル》

「オブローモフ主義」について、先ず、「ロシア人の性格の底にある、ものぐさ太郎とでも言うべきオブローモフ気質を、ソビエトの連中が躍起となり、日本の左翼陣営でも、『オブローモフィズムを克服せよ』ということがどんなに叫ばれたか」「貞蔵なども、自分の心内にあるオブローモフィズムと闘わなければならぬと思い、自分をいじめつけたものである」と語り、しかし、その反面、「このオブローモフが、親しみを以て感ぜられ、これこそ一番自然な、人間らしい、寧ろ謙遜そのもので、温か味を以て感ぜられて来るではないか」と。結論として、「恐らく誰をも益さないが、併し誰をも害さない、自分ひとりだけそっと生きている謙遜さ——そう感じられて来て、貞蔵は、誰とも何の交渉もなく生きられたら、どんなに好いだろうと考えながら、尚もベッドから起き上がらなかった」とある。

以上性格破産者からオブローモフ主義への変換である。

次に、「観念的」だが、貞蔵は、ハルエとの愛欲生活にピリオドを打つべく、彼女の息子純一にも、「肉親的な愛情」（『真理の朝』第四回）を感じ、次の提案「郊外に小さな家を持って、君（ハルエ）と僕と純ちゃんと三人で暮らすのさ」を為したのに対して、ハルエは、「観念的」だと一蹴する。

即ち、彼女は、「私は謙遜な、小さな生活の積み重ねなんていうものが我慢ならないのよ」と貞蔵の提案を、次の理由ではねつける。

即ち、「私という女がどういう女だかお解りにならないから（貴方は）そんなことを仰しゃるのよ」として、彼女は自称「プチブル生活派」と語るのである。彼女の説明を聞こう。

つまり、「わたしは良い着物が欲しいいし、プチブルの真似がしたいし、うまい物が食べたいし、見栄坊だし、それが出来ないくらいなら、生きていたって仕方がないと思っている女だし、生活の魅力なんていうものは、そういうものを除いてはないと思っているし」と、彼女は、「プチブル」生活を謳歌する。（最終篇）

Ⅲ　貞蔵の労働と『青麦』との対比

『真理の朝』の最終篇で、ハルエは、貞蔵の提案を観念的とし、その理由の一つとして、「あなたに一所懸命働いて頂いたって、それで温和しく満足しているかどうか解らない女だ」と語るが、この発言は、『青麦』の「耐えられないところを耐えながら、いつか『不合理』の征服を信じて働いている世界の労働者の執拗な忍耐！　この驚嘆に値する人間の忍耐力に、自分自身はあの広告取り——世界の労働者の労苦から見れば物の数でもないあの広告取りという安易な仕事にさえ、耐えて行く力がないではないか」の箇所との対比に於いて、考察される。（十章三節）

即ち、貞蔵の「工房の仕事（美術関係）」と同一線上にあるのが、「ロマンチシズム（自分のような無一物の画家）」（『真理の朝』最終篇）や「彼の没落意識」（第四回）である。

ここで、小泉の言う、「忍耐力」について、これは、ロシアの作家チェーホフの『かもめ』のニーナの台詞《せりふ》を想起させる。

即ち、「私たちの仕事（舞台、物書き）で大事なものは、名声とか光栄とか、私が空想していたものではなくって、じつは忍耐力（精神力）だということが解ったの」（第四幕）（傍点筆者）である。

その際、労働の忍耐力が精神力（性）と一体となって、論じられている点に注意を払いたい。『青麦』でも、文学の有意義性が説かれているので、紹介したい。

即ち、フミヨの言葉「今は何もしていないの。だけどあの人深みがあるから、屹度《きっと》文学か哲学か、そんな方面のことをするんじゃないかと思うのよ」（『青麦』第十一章五節）や「何故って、その道（文学――筆者註）にはその道で、本気の修養がいるからさ」「学生時代を工科に学んだが、左翼に走った青年たちの多くがそうであったように、彼もまた文学というものに関心を持つような傾向を持っていた」（第十章一節）という小泉の発言である。

文学という精神的価値が、労働者にも必要という考え方であろう。このことにかんして、チェーホフの『三人姉妹』の「誰だって額に汗して働かなければね」（第一幕）や『中二階のある家』の「貧乏人も金持ちも一日三時間働けば、あとの時間は自由なんです」「自由となった時間と、我々はみんなが心を一つにして、この余暇を科学や芸術にささげるんです」「必要なのは読み書きの能力じゃなく、精神的能力を広く発揮するための自由ですよ」が参考になると思う。（傍点筆者）

日本でも、リアリズムを媒介にしたロマンチシズム（芥川＝『余りに文藝的な』、透谷＝『内部生命論』）の意義が標榜されて来た。

チェーホフの『かもめ』（一八九六年）で、「忍耐力」が「精神力、信念・使命」の意味で使われている点に、注意を喚起したい。（傍点筆者）（第四幕）

つまり、貞蔵には、リアリズム（世界の労働者の執拗な忍耐〈労苦〉）が、欠如している観は否めない。この点が、ロマンチシズム（美術関係＝工房の仕事）にだけ依存している貞蔵の否定的側面と言わざるを得ないであろう。

以上、貞蔵の否定的側面を指摘することに依って、同伴者文学が『真理の朝』に於いても貫徹していることを証明し得たと思える。

その他、広津の同伴者文学として、宮本顕治氏は、『探海燈の下を』指摘したが、本書では割愛したことを断って置く。

（広津の「労働者の執拗な忍耐」は、有島武郎の「社会の所謂最下級には汗みどろになって働く彼らの生活者の叫び」〈「行き詰まれるブルジョア」〉と呼応する）

（労働者にも、文学という精神的価値が必要であるという、言わば人間への根源的愛は、広津・チェーホフと世界観が対極に立つ志賀直哉にも言えるので紹介しよう。即ち、「心の貧しき者は福なり」と、牧師が言ったら、謙作（『暗夜行路』前篇）は、彼を撲りつけるだろうと考えた。この牧師の言葉程、人間を卑しめ、侮辱した言葉はないだろうと考えたに違いない。志賀が、「夫婦の愛」や「エゴイズムの肯定」を標榜したから、人類（民衆）の友となる訳ではなくて、文学の方法論（からくり）を含む作品群（藝術作品）を、民衆に呈示したからこそ、言える自負ではないだろうか。「心の貧乏人」を根絶せんがために、創作活動を繰り拡げて来た志賀直哉）

第十二章　小林秀雄とマルクス主義文学

小林秀雄は今日《こんにち》、ブルジョア・イデオローグの旗印（代表的論客）として目されているが、彼の文学史的見識については、マルクス主義文芸批評家からも高い評価を受けているので、ここで取り挙げたい。

小林とマルクス主義文学についてだが、その前に、彼が説く、私小説の発生についての考察を取り挙げたい。

小林秀雄が、『私小説論』という秀れた評論を書いていることは先ず、特記せねばならない。

平野謙氏は、『昭和文学の可能性』で、小林秀雄と『私小説論』について、詳しく論じておられるので、紹介したい。

小林秀雄は『私小説論』の冒頭に、ルソーの『告白』の書きだしの部分を引用して、このルソーの叫喚《きょうかん》なくしては『ウェルテル』『オオベルマン』『アドルフ』など西欧第一級の私小説も生まれなかった、とまず判断する。

小林は個人についてルソーに即して述べている。即ち、その個人とは「社会に於ける個人というものの持つ意味」「自然に於ける人間の仕置きに関する熱烈な思想」のことであったと。

この個人と社会との確然たる対決という思想は、ルソーだけでなく、ゲーテ、セナンクール、コンスタンにも、ひとしくしみこんでいる。これがそもそも「西洋の浪漫主義文学運動の先端を切るものとして生まれた私小説」という新しい文学ジャンルの文学史的な意味にほかならない。

次に、小林秀雄が「マルクス主義文学」という言葉に特別の意味をこめて使い出したのは、昭和九年十月の「《紋章》と《風雨強かるべし》とを読む」からではないかと言う。『私小説論』のなかで小林が「マルクス主義文学」と書くとき、それはいわゆる自然発生的な労働者文学とは区別して、すくなくとも、蔵原惟人によって指導されるようになった目的意識的なマルクス主義文学運動のことをさしていた。

マルクス主義文学運動の出現によって、私どもははじめて技法に解消しがたい絶対的な思想に媒介された文学のありかたを知ることができた、という事実について小林秀雄は語ったのである。だからこそ、田山花袋以来、実生活からその糧を汲んでいた私小説の伝統は決定的に死んだ、と語らざるを得なかったのである。

ルソーがはじめて個人と社会との確然たる対決という熱烈な思想を通じて、「浪漫主義文学運動の先端を」切ったのとほぼひとしい歴史的条件が、マルクス主義文学運動の出現によってわが国にもととのえられた、と小林秀雄は一応結論づけたのである。

私小説を中心とする明治・大正の近代文学は、全体としてブルジョア文学以前であって、それをヨーロッパ的な意味において近代化（ブルジョア化）したのは、すくなくともそのきっかけを作ったのは、ほかならぬマルクス主義文学運動だった、というのが『私小説論』全体の論理的帰結とならざるを得ない。

これが、全体として昭和十年現在における小林の事実認識であり、状況判断だった。この状況認識が「《紋章（横光利一作）》と《風雨強かるべし（広津和郎作）》とを読む」に直結していることは改めて断るまでもないが、「性格は個人のうちにもはや安定していない。それは個人と個人との関係の上にあらわれるというものになった。性格とは人と人との交渉の上に明滅する一種の文学的仮定となった」という箇所とほとんど等価とみているのが、小林秀雄の状況認識にほかならなかった。

ジッド流の相対主義に準ずる社会的地盤が発生しかけた現代日本であればこそ、さまざまな文学的弱点を孕みながら、マルクス主義文学の出現によって、単なる技法論をこえて思想そのものと「生き死に」することも可能になった、というのが『私小説論』の到達した一結論とみてよかろう。

以上が、小林秀雄の『私小説論』に於けるマルクス主義文学に関する論述であった。

第十三章　近代文学論争史

先ず、坪内逍遥と森鷗外の没理想論争である。この論争は、シェークスピアの文学に理想が有るや否やかという論争であり、理想が無いとしたのは坪内逍遥であり、あるとしたのが鷗外である。

第二に、広津和郎と生田長江との「散文藝術」論争である。広津の現実的な「卑近美」と生田の「非芸術（素材的価値）」の違い。

第三に、菊地寛と里見弴《とん》との「内容的価値」論争であり、菊地が「むき出しの主題」を主張したのに対して、里見は、芸術的表現につつみ込められた主題を主張したのである。

後者の「包み込まれた主題」が最も適格に言い現わされた小説に、芥川龍之介の『将軍』を筆者は指摘したい。

芥川の『将軍』では、寸劇で、ピストル強盗を捕らえる際、格闘になって、犯人にピストルで撃たれた巡査が、死ぬ間際に、署長から、何か言い残すことはと聞かれ、巡査は

「故郷に母がある」と答え、署長に「心配するな」と言われて死んで行く様を見ていた、将軍の頬には涙の痕が光ってゐた場面が想起される。主題（反戦）が芸術的表現（涙）に包み込まれている。

これこそ、里見弴《とん》の主張した、芸術的表現と主題との関係の具現化と言えるであろう。

第四に、形式主義文学論争であり、この論争の主役は横光利一を先導者とする新感覚派およびその同調者と蔵原惟人を指導者とするナップおよびその同伴者との論争である。

その争点は、前者の「形式が内容を決定するか」と後者の「内容が形式を決定するか」であった。

横光利一らは「形式が内容を決定する」形式主義者であり、この点、素朴に内容主義を信じて疑わぬマルクス主義文学者は「文学における形式についての鈍感者、怠け者、否定者」にすぎなかったと。

横光に依れば、蔵原の論は結局「内容が形式を決定する」と要約されるが、これは「主観が客観を決定する」というに等しいと。

なぜなら、「文学の形式とは文字の羅列である。文字の羅列とは、文字そのものが容積を持った物体であるがゆえに、客観物の羅列である。客観があって主観が発動するものであるならば、即ち、文学の形式は文学の主観を決定している筈」だからである、と。

マルクス主義者が「内容が形式を決定する」という場合は「内容がすべてである」でなく、内容と形式とは「相互に発生し合う」が、その最後の決定的要因はつねに「内容――生活」にほかならぬというのだ、と断言したのである。この応酬が、形式主義文学論争の発端である。以上、平野謙氏の『プロレタリア文学史覚え書』の所説の要旨である。

第五に、藝術大衆化論争（中野重治と蔵原惟人との間で行われた）であるが、引き続き、同書に依れば、この論争の核心は、中野自身それを要約して「大衆化が必要でないかに見える意見と大衆化するべきものが藝術でないかに見える意見と」の「からまり合い」に呼んだ。

蔵原惟人は中野重治の「大衆の求めているのは藝術の藝術、緒王の王なのだ」というような空疎な観念論に対置して、「プロレタリア芸術確立の為の運動」と「大衆の直接的アジ・プロの為の運動」とを並行的に展開しなければならぬ、としてそのプログラムを一応具体的実践的に開陳したのである。

それに対して、芸術上のプログラムと政治上のプログラムとをとり換えないようにし注意したにもかかわらず、「プロレ藝術確立の為の藝術運動」と「大衆の直接的アジ・プロの為の藝術運動」とに分けたところに「蔵原自身の政治的闘争と藝術運動との無造作な混合があった」と反駁した。（文学の方法論に因り、筆者は、「藝術の藝術」の一見、観念

性の中野の主張を支持する）（中野はハイネを拠り所とした）

第六に、芥川龍之介と谷崎潤一郎との間の、「小説構成（造）」論争である。

芥川は、「文藝的な、余りに文藝的な」の「二　谷崎潤一郎氏に答ふ」で、先ず、「『凡《およ》そ文学に於いて構造的美観を最も多量に持ち得るものは小説である』と云う谷崎氏の言は不服である」と語る。

さらに同箇所で、「谷崎氏の云うように『筋の面白さを除外するのは、小説と云ふ形式が持つ特権を捨ててしまう』という考えに同調しつつも、芥川は、「唯『説に最も欠けているところは、構成する力、いろいろ入り組んだ筋を幾何学的に組み立てる才能にある』かどうか、その点は谷崎氏の議論に賛することは出来ない」と語る。

結論として、芥川は、「谷崎氏に答えたいのは『芥川君の筋の面白さを攻撃する中《うち》には、組み立ての方面よりも、或は寧ろ材料にあるかも知れない』と云ふ言葉である」と語るが、この「材料」とは、すぐ後に、「その材料を生かす為の詩的精神の如何である」「或《あるい》は又詩的精神の深浅《しんせん》である」という説明がなされている。

筋（の展開）に不得手である、短編作家の宿命を背負った芥川は、その作家生命の真骨頂を「材料」「詩的精神」と主張している点が興味を引く。

小説の構成（筋）より材料（詩的精神）を重視した芥川自身の創作活動を振り返っての

上記の「谷崎氏に答ふ」の発言といえよう。

第七に、正宗白鳥と小林秀雄との間の、「トルストイの家出」に関する論争であるが、偉人トルストイもやはり山の神のヒステリーをおそれて家出しなければならなかったという正宗白鳥の見方と、『わが懺悔』のような思想を晩年抱懐するトルストイなれば、細君のヒステリーに触発されて家出せざるを得なかったという小林秀雄の見方の相違である。

思想（藝術）と実生活との相関関係において、両者の連続を主張したのが正宗白鳥であり、断絶を主張したのが小林秀雄ということになる。以上、平野謙氏の『昭和文学の可能性』の所説の要旨であった。

第八に、引き続き、同書に依ると、『異邦人』（カミュ作）をめぐる中村光夫と広津との論争で、広津和郎独特のリアリズムは戦時中に一段と鍛錬されたといっていいとある。

埴谷雄高のメタフィジックと広津和郎のリアリズムとが角逐するところに、昭和文学の可能性は究極の結論をみいだすはずといえないこともない。それに類似した現象がないではなかった。『異邦人』をめぐる中村光夫と広津和郎との論争などはややそれに近いと。

以上、平野氏の所説である。

第十四章　昭和文学史の骨格

その一　昭和初年代

このテーマについては、平野謙氏の労作（『昭和文学史』）があるので、紹介して置こう。

昭和初年代の文学的特徴は、自然主義文学から私小説へとつづく既成リアリズム文学と、新感覚派文学から新心理主義文学へと移りゆくモダニズム文学と、初期の労働文学から共産主義文学の確立をめざすマルクス主義文学との三派鼎《てい》立である。

その二　昭和十年前後

引きつづき平野氏の所説を引こう。昭和十年前後のいわゆる文藝復興期の文学史上の意味は、その三派鼎立が、それぞれ他の二派に反対し、あるいは媒介することによってみずから変貌しようと試みた点にある。

これを図式的に言えば、第一に、既成リアリズム反対を標榜した横光利一、小林秀雄を中心とするモダニズム文学の変貌がある。

第二には、自然主義的方法を媒介することによってマルクス主義文学の変質を企てた徳永直のような反モダニズム的傾向をあげることが出来る。

第三に、生粋のモダニズム文学に出発しながら私小説的方法を媒介とすることによって、マルクス主義文学に反対した伊藤整を挙げ得る。

反私小説、反マルクス主義文学、反モダニズム文学のいずれの型にも、「相互浸透」の前提があった。

第十五章　近代文学に於ける作品論

その一　漱石『こゝろ』

漱石は、ドストエフスキーと共に、最も国民に愛されている作家である。

但し、漱石の文学は、ドストエフスキーと違い、前期、後期の区分付けは出来ないのである。つまり、創作系譜を通して見た文学の特徴がある。恋愛の光と影とが、作品に織り込められており、それを浮き出さす必要がある。〔恋愛の影を扱った作品に、『心』の他、『門』と『彼岸過迄』がある〕

漱石の文学で、まず目につくのは、恋愛の光明面と暗黒面である。光明面とは、理想を追い求めたといってもいいだろう。暗黒面とは、人間悲劇である。即ち、恋愛において、人間性が発揮されるか、否かの問題が明らかになる。

以上の意味で、恋愛の暗黒面を描いた、最後の作品は『心』である。恋愛において、人間性が問われる作品である。下の巻、「先生と遺書」で明らかになる。Kは私の薦めで下宿に住むようになった。Kは私（先生）に、お嬢さん（下宿の）に対する切ない恋を打ち明けた。以前からお嬢さんを好きだった私は化石にされたように驚いた。

そして、私はKに『精神的に向上心のないものは馬鹿だ』と言い放った。真宗寺に生まれたKは、深刻に受けとめた。道のためには、恋を含む凡《すべ》てを犠牲にすべきという教えが前提にあった。Kは、『僕は馬鹿だ』と言った。それが、私（先生）はKの恋の行き手を塞いだことへの間接的前提となっている訳である。

ある日、私（先生）はお嬢さんのいない日に下宿の奥さんに『お嬢さんを私に下さい』と言い、許可される。Kがお嬢さんに愛の告白をする前に、先制攻撃に出た訳である。私（先生）は思った。即ち『おれは策略で勝っても人間としては負けたのだ』と。この文句は、恋愛の影を浮き立たせる抽象的命題になっていることに注意を払おう。結局、Kは自殺してしまった。

私は（先生）はKの死因を繰り返し考えた。Kは正《まさ》しく失恋のために死んだものとすぐ極《きわ》めたが、よく考えると、Kが私（先生）のやうにたった一人で淋しくっては仕方がなくなった結果、急に処決したのではなかろうかと疑い出した。そうして又ぞっとしたのである。

以上が、『こゝろ』における、恋愛の影の描写の略述である。たかが恋愛とはかたづけられない、人間の魂の真価が問われる作品である。この作品一つを取っても、近代日本文学百年の金字塔を飾るべきにふさわしい作品と言っても過言ではないであろう。

その二　芥川『大導寺信輔の半生』

芥川文学の創作の系譜で、後期の開始を告げる作品は、『大導寺信輔の半生』《大正十四年》である。「或精神的風景画」という副題をもつ。

この作品で、龍之介は、信輔に仮託して、自らの半生の精神生活の遍歴を開陳する。

信輔は、先ず、家庭は貧しかったという。

本に対する信輔の情熱は小学校時代から始まっていく。彼の楽しみは、「貸本屋」「図書館」の本であるという。高等学校、大学時代、図書館で、何百冊の本を借りて、読んだことを語る。但し、借りた本より買った本をより愛したと語り、彼はカフェへも足を入れず、数学の家庭教師を行い、本を買う金を作った。

この知的貪欲を知らない青年は、やはり彼には路傍の人だった。

信輔は才能の多少を問わずに友だちを作ることは出来なかった。どういう美少年よりしっかりした頭脳の持ち主を愛した。

信輔は当然又あらゆるものを本の中に学んだ。即ち、第一に街灯の行人、第二に本所の町々の自然の美しさ、第三に女性なども本から学んだ。

「本から現実へ」は常に信輔には真理であった。「体験は読書による知識を介してのみ経験となる」（『芥川龍之介論改』）と海老井英次氏は、語っている。それは「現実から本へ」でもある。

この『大導寺信輔の半生』は、突如として生まれたものでなく、龍之介の中期作品の作風である、写実主義《リアリズム》の系譜からの転換であり、芥川文学の到達点であると言える。

（中期――リアリズムの世界は、内容上、藝術至上主義に包摂される）

筆者には、大学時代、授業中に高田瑞穂先生が、龍之介の「本」への到達点の背景には憎悪すべき家庭環境があると語られたのを思い起される。

高田氏は「芥川龍之介」（『日本文学講座6』所収）という論文で、次のように語っている。即ち、「彼は彼の父母を憎悪した。父母をも許せなかった彼は、ますます本に熱中した。中流下層階級の見すぼらしさを現実に脱出する為にも、それは残されたたった一つの道であった。……三十年間絶えず、彼を支配しつづけたものは、この悲壮な本への情熱で

あった」と。（『点鬼簿』『大導寺信輔の半生』（三　貧困）などなど参照――筆者註）

ここで、ちなみに、芥川の作家・思想家遍歴（読書の歩み）を一望してみたい。

先ず、ロシアの作家では、「トルストイ、ドストエフスキー、ツルゲーネフ、チェーホフ」（「文藝鑑賞講座」――大正十四年）であり、ヨーロッパの作家・思想家では、「モーパッサン、ボードレール、ストリンドベリ、イプセン、ショー、ヴェルレエン、ゴンクール兄弟、リープクネヒト、ハウプトマン、フローベール、ニーチェ」（「或阿呆の一生」一時代――昭和二年）であり、同じくヨーロッパの思想家・哲学者では、「ベルグソン」（時間と自由意志）、オイケン（宗教的情熱）、ラ・メトリイ（唯物主義）、カント（「純粋理性批判」）、ニーチェ、スピノザ、ショーペンハウアー」（「大導寺信輔の半生」――空虚）《昭和三年》であり、次に、日本の詩人では、「萩原朔太郎、中野重治、室生犀星」であり、日本の古典（江戸時代）へ眼を向けると、「芭蕉、蕪村、西鶴、近松、一茶」である。

その他、ヨーロッパ、日本の作家・思想家をアット・ランダムに書き記《しる》して行く。

ヴィヨン、ゲーテ、ポオ、アナトール・フランス、ハイネ、ユウゴウ、ジアン・クリストフ、メリメエ、リヴイングストン、シェークスピア、バルザック、バイロン、ルソー、武者小路実篤、泉鏡花、夏目漱石、森鷗外、里見弴、島崎藤村、菊地寛、志賀直哉、佐藤

春夫、谷崎潤一郎、正宗白鳥、田山花袋、有島生馬、徳田秋声、岩野泡鳴、久米正雄、葛西善蔵、宇野浩二、谷崎精二である。

かかる、芥川の読書欲は、『大導寺信輔の半生』で、小学時代の「貸本屋、図書館」通いの思い出や高校時代、大学時代に、図書館で何百冊の本を借りて読んだことが記されていることからも窺えるが、「本の事」《大正十一年》で、「僕は本が好きだから、本のことを少し書かう」と述べている点でもあるが、実は芥川は、旺盛な読書家であったことを自慢している訳でなく、「読書の態度」《大正十一年》という随筆で、単なる読書家に釘をさしている点を見逃してはならない。

それに依ると、「何を読むか」ではなく、「いかに読むか」が大事であると。この本は「おもしろい」とか「つまらない」とかという態度で進めて行くことをしないで、つまり「自己に腰を据《す》えて掛からなければ、一生、精神上の奴隷となって、死んで行く他はない」と。つまり、こういうことであろうか。価値判断もせずに、本に埋没し、知識偏重主義に陥り、消化不良をさえ起しかねないと言うのであろうか。芥川は、さらに、「正直な態度で読むがいゝ」と、付記している。結局、読書の際、自分で価値判断をすることが重要な上に、他人の価値判断に委ねたり、任せたりするなと芥川は、言いたいのであろう。

とにかく、上記の読書遍歴の豊富さ（質・量的にも）によって、芥川の作家としての資質（源泉）が形成されて行ったことは、誰しも認めるところであろう。

芥川は、『大導寺信輔の半生』の未定稿《大正十四年》の〔厭世主義〕で、「信輔は既に厭世主義だった」と切り出し、彼の家庭は貧困を免れず、中学の教師以外に道はなく、兎に角生きてだけは行かなければならぬ。何の為に？　この疑問はいつか信輔に厭世主義を教えていた。貧困を遡及的原因とするこの厭世主義を脱するために、「本」とどう結びつくのか明らかにされていない。ただ、ショーペンハウアーのアフォリズムに彼の厭世主義を弁護する武器を発見していたとある。

次に、「大導寺信輔の半生」の「空虚」（昭和三年五月一日発行の雑誌『創作月刊』に紹介された）で、信輔のなりたいものは、純粋の学者よりも寧ろ学者に近いもので、或は藝術家に近いものだった。兎に角「精神的にえらいもの」であり、それにならうと決心した。

信輔は「えらいもの」も彼の友だちのように哲学的を第一の条件にしていた。彼はその為に何よりも哲学の中へ没頭した。例えばベルグソンやカントなどである。

第二の条件とは、信輔の「えらいもの」は「芸術的」なものであった。彼はその為にあらゆる情緒をインクと紙とに表現しようとした。

『大導寺信輔の半生』《大正十四年》の本文を裏づけるべく、「半生（空虚）」という手記で、「精神的にえらいもの」を、哲学（書）と芸術（インクと紙）に求め、さらに「或精神的風景画」という副題を持っていたことでもある。到達点を「本」の世界であることも裏づけよう。

この到達点の明示は、〔余りに文藝的な〕《昭和二年》の「大道無門」で、里見氏を現実主義気質から、精進をつづけて行った理想主義者であると紹介している点にも窺える。つまり、芥川の創作系譜上、後期の開始を告げる、『大導寺信輔の半生』《大正十四年》に於いて、「秋」《大正九年》に始まる中期のリアリズムの系譜から、「本」の世界へという作風上の最後の転換があったとみてよい。（傍点筆者）

その三　太宰『正義と微笑』

前期では、ロマンチシズムが、現実主義、即ち経済問題にゆらぐかどうかということに焦点が向けられていた。

この問題意識を、受け継ぎ、克服する形で、後期を開始する『正義と微笑』となるが、そこでは、先ず、学生（ロマンチスト）の就職活動が描写され、主人公は春秋座に見事、合格し、就職活動にも、ピリオドを打つが、それは次節のテーマとなる。

ここでは、リアリスト（学生から俳優へ）への楔としての就職が描かれる。

春秋座から、合格通知来る。ちなみに、第一次考査は、脚本朗読（ファウスト）筆記試験、口頭試問、簡単な体操、第二次考査は健康診断。

研究生時代の二カ月間は、手当は毎月十二円。二カ月を終わると、準団員として、毎月化粧料三十円。二カ月間に、少しずつ手当がふえていって、二カ年が過ぎると正団員になって、全団員と同等の待遇を受けるやうになるのである。十九歳の秋には、正団員になれるのである。新聞に、「市川菊松」という新人の芸名が載り、初舞台から主人公は、準団員になるはずである。

見事、就職を果した主人公は、「僕は、兄さんと、もうはっきり違った世界に住んでいることを自覚した。僕は日焼けした生活人だ。ロマンチシズムは、もうないのだ。筋張った、意地悪のリアリストだ。変わったなあ」（傍点筆者）と語る。

話は前後するが、主人公は、十七歳で三十円の月給取りである。自分でかせぐのである。

ここに、ロマンチストと決別し、自分でかせぐ、即ち、経済的に自立した、生活人としてのリアリストが誕生した訳である。

ここに、ターニング・ポイントとして、長兄からの借金、仕送りで、いく分か暮らして来た太宰の自己嫌悪が示されているとも言えるのではないか。

再度、『正義と微笑』から、引用すると次のようになる。即ち、「僕は、明日から自活するんだ。もう有閑階級はいやだ。その有閑階級にべったり寄食していた僕はまぁ、なんてみじめな野郎だったんでせう。富《と》める者の神の国に入るよりは駱駝《らくだ》の針の孔《あな》を通るかた反って易し」と。

主人公の小説書きの兄さんは『正義と微笑』で、バルザック、ドストエフスキーに較べて、自分の力量の足りないことを嘆いていると書かれているのも、上述の転換点の指針を暗示していると見える。後者との比較をすれば『罪と罰』の思想、とりわけラスコーリニコフの思想は、ドストエフスキーの創作上の系譜から、これを読み取ることが出来る。

他者に評させると『虐げられし人々』のヴァルコーフスキイ公爵は、淫蕩と悪業のモンスターということになる。公爵の強い生活力には、シニズムが人生哲学として横たわっているが、この現実主義の精神の萌芽は、さらに『地下生活者の手記』第二部の初めの方で、開陳された、悪玉と現実へと、煮つめられる。

それに依ると、紛れもない悪党が、潔白な魂を持ち得、我がロマン派の中からは、絶えず、腕利きの悪玉が出て、驚くべき現実に対する敏感さを示す（傍点筆者）。

この箇所が、『地下生活者の手記』の集大成的性格における、夢想家の地下世界から、現実の活動の舞台への移行の担い手を悪玉としているように、読み取れる点が、興味を引く。「悪行、悪玉」の権化たるラスコーリニコフは、敢然と殺人という行動に躍り出た。

正義、実行の利が、彼の殺人の目的であり動機であるが、敷衍《えん》すると、「人間の自然修正、指向性」（第一編六章）が、掲げられているが、これはドストエフスキーの創作上、『罪と罰』（一八六五年）以前の世界即ち、夢想家を主《あるじ》とする「地下の世界」（これは便宜的な呼び名であって、地上、例えば役所でのコツコツと仕事に取り組む姿も、含まれること〔これは、『正義と微笑』での「ロマンチックな学生諸君」の「君らはなんのために生きているのか。君らの理想はなんですか。……つつがなく大学を卒業し、会社につとめ、月給のあがるのをたのしみにして」という箇所と符号するであろう〕は、『ペテルブルグ年代記』や、『地下生活者の手記』にて、示されている）といういわば、対象＝現実への係わりを放棄する姿勢から、うって変わって、主体の営為による現実への足跡の試みと言える。

太宰は、「フォスフォレッスセンス」（昭和二十二年）という小説で、「夢想家」という用語を現実家と対比して使っているのであり、太宰がドストエフスキーから、作家論の方法論に依る創作源泉を得たことは、十分に推察されるのである。（プーシキン、チェーホフからの影響も可）

このことは、太宰文学の創作系譜、即ち前期世界（ロマンチシズム）から、後期作品の開始を告げる、『正義と微笑』で示された、「リアリストの登場へ」という創作系譜（転換）との類推が可能あろうことを意味する。（傍点筆者）

その四　犀星『あにいもうと』

この作品は、横光利一『紋章』と共に、第一回文藝懇話会賞を受けたものである。

中期作品の一である、『あにいもうと』は、詩の抒情的世界と決別し、熱っぽい切り口で、大胆に人生に肉薄し、「庭を造る人」「芭蕉襍記」などの閑静な随筆的世界にひっそり自己を守ってきた人とは絶縁し、膏ぎった熱っぽい世界を読者につきつけたのである。（傍点筆者）

ある批評家に依ると、多摩河原の人夫頭赤座一家の野生そのままのような凄まじいいがみあいや啖呵に、人々はかつての抒情詩人の面影をさがしあぐねたとある。

それは、もん、伊之の兄妹の言動で、つまり、そのリアリティー（現実的世界）で、我我読者を圧倒せずには置かない。このもんなどを作者は、市井鬼と呼んでいる。

犀星は、『泥雀の歌』（昭和十七年）で、「私の第三期の仕事は〈あにいもうと〉と前後してはじめられ、おもに街——市井の人間を素材として書きつづけた。私の小説の中には善良な無頼漢が相絡んで、頭の中の街にあふれた」と書いている。さらに「今までの作家としての私が避けて通ったところの、書くのが厭で何かよごれているやうな世界を描いた」とある。

従来、この「あにいもうと」「神かをんなか」「チンドン世界」「神々のへど」などの市井鬼ものは、「洞庭記」（昭和九年）をきっかけになって出現したと言われている。

『あにいもうと』では、未婚の母になった（流産）もんを、訪ねて来た、かつての夫である小畑を、もんの兄、伊之が撲って、半殺しにしたと述懐するが、この仕打ちに、妹もんは逆上する。彼女は小畑が帰った後、兄伊之にかみつき、「極道兄キめ、誰がお前にそんな手荒なことをしてくれと頼んだのだ、それに誰が踏んだり蹴ったりしろといったのだ、手出しもしないでいる人をなぜ撲ったのだ、卑怯者め、豚め」とののしり、いきなり兄伊之に掴みかかり、その肥った手をぺったりと伊之の頬に引っかけた。

一方、伊之も、「この気狂ひあまめ、何をしやがるんだ」と、妹をすぐ張り倒してしまった。すさまじい兄妹の応酬である。

後に、「実行する文学」（昭和十二年『駱駝行』所収）で、犀星は、伊沢氏の「『あにいもうと』は兄妹の情愛を描いたものだが、勧善懲悪の感覚がよく出とらんところが不服だ」という評価を紹介している。

その五　志賀『暗夜行路』

志賀文学の特質は、「動よりも静を」（「座右宝序」）という言葉で要約される。つまり、前期（「戦いの人」）——反抗を通じて、内面的真実を確証する）から、中期へ（「静かさを求める人」）という構図、転換点を提示している。中期の静（静かな調和）は、自己肯定、現実肯定の態度へと結びつく。

I　『暗夜行路』前編

イ　現実主義の強さ

中期の作品の一つである『暗夜行路』では、謙作は、お栄から、日本の小説家で誰が偉いと訊かれ、「西鶴です」と答える。即ち、「親不孝の条件になることを並べ立てて書くことは出来るとしても、それをあの強いリズムで一貫さすことは却々出来ることではないと思った。——弱々しい反省や無益な困惑に絶えず苦しめられている今の彼がさう思ふのは無理なかった。で、西鶴には変な図太さがある。それが、今の彼には羨ましかった。自身さういふ気持になれたら、如何に此世が楽になることかと思はれるのであった」と。

この図太さ（西鶴の）を志賀文学の現実主義の強さと言ひたい。

ロ　栄花と母

藝者の栄花は、数々の罪を作る。作者は語る、即ち「栄花の場合、それは同じく過去の出来事ではあるが、それは現在の生活と未だ少しも切り離されていないのは、どうしたとか」と。又、「一つの罪から惰性的に自暴自棄な生活をつづけていることはいくらもあるだろう」とみなし、女の場合は、男に較べてさらに絶望的になると。元々女は運命に対し、盲目的で、それに惹きずられ易い。周囲は女に対して厳格であり、女が罪の報から逃れることを喜ばない。罪の報として自滅するのを見て当然なことと考える。女性の弱さと、それを支える家族愛が描かれる。

この点、母は幸福だったと言えると作者（謙作）は考える。つまり、「母の周囲が、もっと愚かな人々でとり巻かれていたら、母はもっと不幸な女になっていたに違ひない。幸に芝の祖父でも、本郷の父でも、賢い人々だった。自分は此事だけでも父へは心から感謝しなければ済まないわけだと考えた」とある。

普通の周囲でない、「賢い周囲（父）」によって、母は自滅せずに済んだのである。

八　調和の世界

『暗夜行路』で、父信行が、謙作の出生の秘密を打ち明けてくれたことに対して、謙作は感謝し、唯一の血路（「僕は知ったが為に一層仕事に対する執着を強くすることが出来ます」）と其此に頼って打ち克つより仕方がない、それが一挙両得の道であると語る。

　この仕事への執着は後に、「人類全体の幸福につながりのある仕事」と語る。この「血路」から、「全く別の世界」（静かな調和）――「彼にとっては、根こそぎ現在の四囲から脱け出る。これより道はない気がするのだ」「然しあの女が若し罪深い女で……どんなにいいか。互いに惨めな人間として薄暗い中に謙遜な心持ちで静かに一生を送る。笑ふ奴、憐れむ奴、などがあるにしても、自分たちは最初からさういふ人々には知られない場所に隠れているのだ。彼らは笑ふことも憐れむことも出来ない。……自分たちは誰にも知られず一生を終わって了ふ。如何にいいか……」への移行を唱えるのであった。

「唯一の血路」から「平安の一生（静＝静かな調和）」へという移り行き（構図）は、実は志賀文学の前期から中期への移行（動よりも静を）の縮図であり、その問題意識は『暗夜行路』前編に凝縮されている。（傍点筆者）

　謙作は、藝術家の仕事（人類の進むべき路へ目標を置いて行く仕事）つまり文学のからくりを示す仕事を為す背景には、淋しさの克服（民衆の）が在ると考えていたと思われる。

「心の貧しき者は福なり」と、牧師が言ったら、謙作は彼を撲りつけるだろうと考えた。この牧師の言葉ほど、人間を卑しめ、侮辱した言葉はないだろうと考えたに違いない。

志賀が、後に述べる「夫婦の愛」や「エゴイズムの肯定」を標榜したから、人類（民衆）の友となる訳ではなくて、文学の方法論（からくり）を含む作品群（藝術作品）を、民衆に呈示したからこそ、言える自負ではないだろうか。「心の貧乏人」を根絶せんがために、創作活動を繰り拡げて来た志賀直哉。

志賀は「『芥川龍之介全集』推薦」で、次のように語る。即ち、「私は芥川君のものを全部は見ていないが、初期中期のものは芥川君の一面で、晩年のものは真実な一面であったと思ふ。……岩波から普及版の全集で出ることを私は喜んでいる」と。

この推薦文に於いて、志賀が芥川文学と方法論上、同質にあることへの芸術家の愛着、共感を示しているのではないだろうか。

志賀が「沓掛にて」で、芥川にとって最後の作風の転換となった『大導寺信輔の半生』に、言及していることにも着目したい。（傍点筆者）

Ⅱ　『暗夜行路』後編

イ　謙作の微小意識

謙作は、大山に登って、疲れ切って、不思議な陶酔感が感ぜられて、次のやうな感慨をもらす。即ち「彼は自分の精神も肉体も、今、此の大きな自然の中に溶け込んで行くのを感じた」「その自然といふのは芥子粒ほどに小さい彼を無限の大きさで包んでいる気体のやうな眼に感ぜられないものであるが」「そしてなるがままに溶け込んで行く快感だけが、何の不安もなく感ぜられるのであった」と。さらに自然にいだかれて、死についての考察が続く。即ち、「彼は少しも死の恐怖を感じなかった。……然し永遠に通ずるとは死ぬことだといふ風にも考えていなかった」と。

そして、最後に、大山について、「中国一の高山で」「平地に眺められるのを稀有のこととし、それから謙作は或る感動を受けた」とある。

大自然の大山の前に、自らの微小意識を持ち、感動すら持つ謙作であった。この場面はトルストイの『戦争と平和』の、アンドレイ公爵の自然哲学（瀕死の重傷を負った彼が、空に向かっての感慨）を想起せしめる。

ロ　謙作と直子の夫婦愛と親子愛

「続創作余談」で、「小林秀雄君と河上徹太郎君が『暗夜行路』を恋愛小説だと言ったことは私には思ひがけなかった。……所謂恋愛小説といふものに興味がなく、……『暗夜行路』が若し恋愛小説になっているとすれば、それも面白いことだと思った」と書かれており、「恋愛小説」に通じた、「純文学」と言った方が適切であろう。

謙作夫婦に、初めての子、即ち赤子は病気になり、生後、一カ月で死んだ。その間、謙作と直子夫婦は、必死の看護（食塩注射と酸素とお乳）をするが、力及ばず赤子は死んでしまった。この親子の愛情振りがよく描かれている。

妻直子は要に犯される。夫謙作は、そのことについて、次の感想をもらす。即ち「直子を憎もうとは思わない。自分は赦すことが美徳だと思って赦したのではない。直子が憎めないから赦したのだ。又、そのことに拘泥する結果が二重の不幸を生むことを知っているからだ」と。

さらに「事実直子には殆ど罪はないのだ。それで総てはもう済んだ筈なんだ。ところが、僕のきもちだけが如何しても、本当に其所へ落ちついて呉れない。何か変なものが僕の頭の中でいぶかっているのだ」と謙作は語る。敷衍すると、「遠ざける過程として自然憎む形になるんだ。何でも最初から好悪の感情で来るから困るんだ。好悪が直接此方では善悪の判断になる」となる。さらに、謙作は、「今までの夫婦関係を別に組み変へる必要があるやうな気がするんだ。極端なことを言へば仮に再び同じことが起こっても動かないやうな関係を」と語る。夫謙作の妻直子への揺ぎない愛情の吐露であろう。

旅先、大山へ。謙作は、この事件の精神的整理のために出かけ、ある日、謙作は当地で、高熱を出し、急性の大腸カタルという診断を受ける。病気の報いを受けた直子は、夫の許へかけつけ、衰弱した謙作に吃驚した。一命を取り止めた謙作は、静かで平和なものに見え、「私は今、実にいい気持なのだよ」と直子に語る。

一方、直子は、「助かるにしろ、助からぬにしろ、兎に角、自分は此の人を離れず、何処までも此の人に随いて行くのだ」といふやうなことを切に思ひつづけたのであった。

謙作夫婦相互の、信頼、夫婦愛の絆の確かさ、愛の普遍性が歌われた作品（名作）と言えるであろう。「静かな調和」の作品とも言える。

太宰が、生前、志賀直哉の『暗夜行路』について、「この作品の何処に暗夜があるのか、ただ、自己肯定のすさまじさだけである」（『如是我聞』）（昭和二十三年）と、食い下がっているのも、太宰が志賀文学の全体を読了していないことから来る、一種の見当違い（羨望）と言わざるを得ないであらう。

その六　谷崎『痴人の愛』

谷崎潤一郎の場合は、「私はかくの如き魅力を持つ支那趣味に対して、あこがれを感ずるとともに、一種の恐れを抱いている。なぜなら、私の場合には、その魅力は私の芸術上の勇猛心を消磨させ、創作的熱情を麻痺させるような気がするから。（中略）支那伝来の思想や芸術の真髄は、静的であって動的でない。それが私には善くないことのように思える」（「支那趣味ということ」）であり、潤一郎の「芸術上の勇猛心」が、静的でなく動的なものを求める心であり、東洋的なものでなく西洋的なものを求める心（初期から中期へ）であることが、ここにはっきり見られると。

転換点の一を成す中期の名作『痴人の愛』で、退廃（浮気と我が儘《まま》）的なナオミ、というよりも西洋人との英会話の上達に依り、（西洋的）美と享楽の人と取り（指摘し）たい。（主人公は彼女に惚れている、つまり恋愛小説）（悪魔主義）（以上、傍点筆者）

以上、近代文学に於ける作品論を、六人の作家から選んで論じて来たが、漱石は別として、他の芥川、太宰、犀星は何《いず》れも作家論の方法論に依る創作源泉をドストエフスキーから得ていたこと、その過程から作品論を導き出したことを指摘したい。（志賀の場合はチエーホフ、ゴーリキイから）（谷崎は不明）

第十六章　近代耽美派

その一　谷崎潤一郎

谷崎の文学が、善、悪の価値判断に囚《とら》われず、藝術至上主義者であり、「藝術のための藝術」（快楽主義の美は女体の美であり、谷崎の感性美把握、必要）と、本書（第五章）で、既に述べたが、谷崎文学は、初期、中期、後期に分かれ、それぞれ、「静、動、静」「東洋的な美、西洋的な美、東洋的な美」へと転換する。

谷崎潤一郎の場合は、「私はかくの如き魅力を持つ支那趣味に対して、あこがれを感ずるとともに、一種の恐れを抱いている。なぜなら、私の場合には、その魅力は私の藝術上の勇猛心を消磨させ、創作的熱情を麻痺させるような気がするから。（中略）支那伝来の思想や芸術の真髄は、静的であって動的でない、それが私には善《よ》くないことのように思える」（「支那趣味ということ」）であり、潤一郎の「芸術上の勇猛心」が静的でなく動的なものを求める心であり、東洋的なものでなく西洋的なものを求める心（初期から中期へ）であろうことが、ここにはっきりと見られれと。

中期の作品の代表例として、『金と銀』『痴人の愛』が挙げられよう。

感性美――人間の感覚にうったえる美の世界。潤一郎の世界は、初めから終わりまで、感性美をめぐって展開します。潤一郎は、自己の感性の豊かさと鋭さを、たった一つのより所として、美の探求に出発したのでした。――（高田瑞穂著『谷崎潤一郎』より）

さらに、中期から後期への転換点を暗示する、次の文章を示そう。即ち、「私は近頃になって感じるのであるが、何もことさらに異をたてたり、個性を発揮するばかりが藝術家の能事ではない。古人と自分との相違がほんの僅かでいい、ほんの僅かなところに自分というものが現われていればそれでいい。あるいは又、それが少しも現われず、古人の大きな業績の中に全然没入してしまうのも悪くはないと思うのである」（「藝談」）と。

高田瑞穂氏は、この文章に対して、「異をたてること、特殊であることを制作上の原理とする態度から、自分にとって真実であること、喜びであることを原理とする態度へ。未成熟な精神にとって、新しさは常に変化と特殊の中に求められ、これに反して、成熟した精神においては、静止と普遍の中に求められるということは真実であると。（ヘーゲル『精神現象学』まえがき参照）……潤一郎に、東洋的な美の世界が再び開けた時、もはや彼は、初期の場合のように、「藝術上の勇猛心を消磨させ」るものとして、これを恐れ、これをしりぞける必要はありませんでした」（『谷崎潤一郎』）という解説を加えられているので、紹介したい。

後期の代表的作品として、『たで喰《く》う虫』『吉野葛』『春琴抄』などが、西洋的なものを求める心から東洋的なものへと転換。

その他、谷崎文学を論ずるに際して、「いわゆるロマンティシズムの作家とは、空想の世界の可能を信じ、それを現実の世界の上に置こうとする人々を言うのではなかろうか」と、自然主義が厳格に排斥した空想が、現実と全く同等に、むしろ現実以上に高く評価せられているのを見る立場を主張した、谷崎が大正八年に書いたと思われる随筆「早春雑感」を挙げるのも、正鵠を射ていると言える。

次に、潤一郎にとって、自己の素質の自覚史とも言える作品「神童」の結びにおいて、彼は、次のように記している。即ち、「己《おれ》は決して自分の中に宗教家的、もしくは哲学者的の素質を持っている人間ではない。……あんまり感性が鋭過ぎる。恐らく己は霊感の不滅を説くよりも、人間美を歌うために生まれて来た男に違いない。己はいまだに自分を凡人だと思うことは出来ぬ。己はどうしても天才を持っているような気がする。己が自分の使命を自覚して、人間界の美をたたえ、宴楽《えんらく》を歌えば、己の天才は真実の光を発揮するのだ」（「神童」）と。宗教家や哲学者としてよりも人間美を歌うために生まれて来たと谷崎は語る。

その二　永井荷風

荷風は、潤一郎について、『谷崎潤一郎氏の作品』で、「明治現代の文壇に於いて今日まで唯一人手を下すことの出来なかった、或いは手を下さうともしなかった藝術の一方面を開拓した成功者は谷崎潤一郎氏である」と切り出し、特に、「刺青」は江戸の刺青師《ほりものし》清吉が刺青に対する狂的な藝術的感興を中心にした逸話で、自分の見る処のこの一作は氏の作品中第一の傑作であると、語っている

荷風は、『谷崎潤一郎氏の作品』で、谷崎氏の作品中には顕著に三個の特質が見出されるとして、第一は内体的恐怖から生ずる神秘幽玄である。肉体上の惨忍から反動的に味ひ得らるゝ痛切なる快感であると。第二は、全く都会的たることである。江戸より東京となった都会は氏の思想的郷土であるがゆえに、広く見れば氏の作品は全く郷土的であると言える。第三に、文章の完全なることである。現代の日本文壇は人生の為なる口実の下に全く文学的制作の一要素たる文章の問題を除外してしまった後なので、自分が今更斯の如き

論議を提出するの愚かを笑ふかも知れぬと。

一方、谷崎の方も、荷風への愛着振りを、『青春物語』で披露している。

高田瑞穂氏は、『近代耽美派』という著書で、明治四十一年八月の『あめりか物語』を刊行した荷風が、翌四十二年は、最初の荷風ブームの年であったと語る。この年のおびただしい作品群は、その内におのずから三つの傾向を内包したと。その第一は、当代日本の開化に対する批判であり、その第二は、郷土文学の試みであり、その第三は、享楽主義(歓楽と憂愁・哀感)の主張であった。

詳しく見て行こう。第一の批判を代表するものは『新帰朝者日記』である。この作品を貫く基本情調は、「自分はあんなに周章て日本に帰って来ないでもよかったのだ」という悔恨であった。日本の食物のまずさ、女性の無知、自然の狭小、市街の醜状などなどに、荷風の不満は展開していった。悔恨はしばしば嫌悪をともなう。

荷風は、一転して郷土文芸の試みに移行する。しかし、当代日本の現状のことごとくを否定した果てに、郷土文芸の試みはいかにして可能であったか。現代からの、何らかの脱出においてのみそれが可能であった。『すみだ川』は、この第二の傾向を代表した。空間的に遠きものへの思慕と、時間的に遠きものへの思慕との混淆は、常に耽美的心情の中核にあった。荷風の江戸趣味がそこに生まれた。

第一、第二の統合ないし融和において、次第にその性格を明らかにしていったのが荷風に於ける享楽主義であった。そういう内的経路に主として焦点を定めた作品が『冷笑』であった。『冷笑』は、日本開化批判と江戸趣味との調和の試みであり、作中、作風の分身は、「現代（現実）に失望した夢想家の美的憧憬（理想）が必然かくの如くならしむべき正当の傾向」という『冷笑』的立場を取るのであると。

終章　近代文学史の問題意識

その一　新感覚派の文学と新現実派

高田瑞穂氏は、『横光利一』という著書の中で、「自我の肯定」その上に立つ、「明快な現実分析」と「知的な現実解釈」が、芥川、菊地などの新現実派の主張であったと言う。この主張を目標、出発としたのが、新感覚派の文学（大正十三年十月創刊の雑誌「文藝時代」で、同人として、横光利一、川端康成、片岡鉄兵などがいた）であり、同氏に依ると、彼らは自然主義の信頼に立ったリアリズムに対する激しい叛逆として実現したのも自然なことであり、芥川の新技巧派の風潮を新鮮とし、いっそう純粋にしようと願って出発したとある。（後の「小説作法十則」でのリアリズム再考。中期リアリズムでは、私生活の描写〈自然主義〉から創造としての文学への転換が）

但し、漱石に手紙でほめて頂いて、「鼻」《大正五年》と共に、「羅生門」（「帝国文学」に掲載）「芋粥」（「新小説」に発表）「虱」（「希望」に掲載）と、それぞれの雑誌に載ったことが記されており、特筆すべきことは、同箇所で、「しばしば自分の頂戴する新理智派と云ひ、新技巧派と云ふ名称の如きは、迷惑な貼札《はりふだ》たるに過ぎない」（「羅生門の後に」）としている点也《なり》。結局、芥川などの新現実派は、初期作品群の新技巧派を出発として後《のち》、中期リアリズム（「秋」「南京の基督」「トロッコ」）で完成した。

その二　『明暗』と自然主義批判

本書の第六章（反自然主義）でも論じたが、漱石は、自然派から「拵へもの」として非難されたのに対して、「活きているとしか思へぬ脚色を拵へる方を苦心したらどうだろう」と自然派を切り返し、反撃した。

平野謙氏は、『純文学論争以後』（「認識者の文学」）で、この漱石の反駁文（『田山花袋君に答ふ』――明治四十一年）と二葉亭の『浮雲』と漱石の『明暗』との関係について述べておられる。

それに依ると、この漱石の反駁文の自然としか思えぬ「拵えた脚色」などは、そのまま二葉亭の「自然の意を写し出さん」とする「脚色の模様」に照応すると。しかし、その実作としての『浮雲』と『明暗』を比べれば、前者は後者に及ばない。というより、軽佻《けいちょう》な明治十年代の青年男女の「実相」を仮て、「日本文明の裏面」という「虚相」を浮かばせようとした『浮雲』（二葉亭の「小説総論」のリアリズム論を想起せよ――筆者註）の挫折に較べれば、津田とお延という男女の組あわせによって人間関係の虚飾とその変貌をうかばせた漱石の『明暗』の成功の方が、より実質的に自然主義批判となり得ていると。さらに、平野氏は、中村光夫氏の説（明治二十年の右から二葉亭や左からの『住人の奇遇』から逍遥＝模写リアリズム批判の構造が、明治四十年の右からの漱石、左からの啄木による自然主義批判の構造にアナロギーされる）を確認する。

その三　中村武羅夫の批評文『蟹工船』

平野謙氏は、『昭和文学史』で次のように書いている。即ち、中村武羅夫が、『蟹工船』を批評して、悪監督横川の非人間的な暴虐とそれに対する労働者の憎悪感が描かれているだけであって、それだけでは一監督の個人悪をえぐりだしたことにはなっても、監督に代表される資本主義機構そのものの組織悪を描いたことにはならない、と鋭く指摘したものである。いわば個人の残忍性が正面に押しだされすぎたことを、中村は自然主義的として非難したのだが、やはりそういう非難に値する陰惨な描写が小林多喜二の『蟹工船』にはいっぱいあると。

これと類推して、今から約二百年前に、ロシアの作家ゴーゴリが『外套』(一八四一年)で、「有力な人物」への主人公アカーキイの「怒号」は描かれているだけであって、それだけでは、「有力な人物」の個人悪(「面倒は見てくれなかったし、叱りとばされた」)が発《あば》かれていることにはなっても、「有力な人物」(傍点筆者)に代表される事務局の全事務機構そのものの組織悪を描いたことにはなっていない点が問題点である。

〔完〕

あとがき

作品論、作家論と比べて、文学史研究は、一段高い、高尚な水準であり、取《と》っつきにくさの感は否めない。

筆者は、学生時代、劣等生であった。文学研究も、挫折し、頓挫もしたのである。順調に行かなかった、文学研究を経験し、みじめな精神状態にあったからこそ、ここにこの書を出版し、文学経験者や文学の初心者がつまずかないようにとの一種の老婆心から、その礎《いしずえ》になりたいと思う気持を著わしたものである。

文学研究（作品論、作家論、文学史）をやる場合、初めの内は、何をどうやって良いか途方に暮れるものである。

本書の第一章で、「近代リアリズムのルーツ（源流）」を、第二、七、十四章で、近代（明治、大正、昭和）の文学史の骨格を、第三章で、自我発展史を論じたが、他書には見られない独自色が出せたかに思う。

次に、第十一章で、「同伴者作家広津和郎」（「泉へのみち」）を論じた際、「絶望」を扱ったが、この「絶望」が実は、「虚無感」と同義語であることを、『青麦』から明示したので、参考になるかと思う。

さらに、第九章（ドストエフスキーと近代作家）及び第十五章（近代文学に於ける作品論）を論じたが、何《いず》れも、ドストエフスキーを制する者は文学を制するというモットーが、生かされた（類推を含む）論述となっていることを告白出来る。

つまり、文学研究者の育成（教養の担い手として）へのねらい（意図）を持ったものである。

作家論には、位相、転換点の把握と同様に、文学史にも、きちんとした作家論の裏付けが必要であると、「はじめに」でも書いたが、さらに、依って、方法論の明示と共に、文学史を把握する際の、予備的前提的知識の一部を提示したという自負を抱くと書いた。

二十七歳で、修士論文を書きあげ、三十年以上綴った現在、作家論のストックも貯えられ、ずっと前から、書きたいと思っていたので、上梓の運びとなったことは、喜ばしい。

筆者が大学院時代、ドストエフスキーの修士論文で獲得した知的財産がベースとなって、つまり、その方法論の類推によって、日本近代文学史の本質を、会得出来たとも言える。

（文学史には、繰り返しになるが、きちんとした作家論の裏付けが必要）（位相、転換点の把握）

こういう文学史の予備知識なくして、いきなり、卓越した、高尚な、論理水準の高い研究者の文学史の著書に当たってても、はじき飛ばされ、あるいは振り回されるだけであろうことは、十分に予想されるのである。

そこで、本書の基礎知識が、世に出ている文学史書への、一定の「楔」を打ち込むことになり、その理解への手掛かりとなることへの、ささやかな期待が込められていることを述べたい。

本書で、一人でも多くの方が、日本近代文学史への実のある興味を抱いてくれたなら幸いである。

参考文献

(1)『ドストエフスキー全集』米川正夫訳　河出書房新社
(2)『芥川龍之介全集』昭和五十二年刊行開始　岩波書店
(3)『太宰治全集』昭和五十年刊行開始　筑摩書房
(4)『葛西善蔵全集』昭和四十九年刊行開始　津軽書房
(5)『藤村全集』昭和四十一年刊行開始　筑摩書房
(6)『正宗白鳥全集』昭和四十年刊行開始　新潮社
(7)『岩野泡鳴全集』一九九四年刊行開始　臨川書店
(8)『平野謙全集』昭和五十年刊行開始　新潮社
(9)『唐木順三全集』昭和四十二年刊行開始　筑摩書房
(10)『志賀直哉』高田瑞穂　学燈文庫
(11)『横光利一』高田瑞穂　市ヶ谷出版社
(12)『広津和郎全集』昭和六十三年刊行開始　中央公論社

権藤三鉉（ごんどうさんげん）
1952年　福井県に生まれる。
1976年　早稲田大学教育学部国語国文科卒業。
1980年　早稲田大学文学部修士課程露文専攻中退。
会社員を経て、現在文筆業。
著書　『ドストエフスキー論』（文藝書房）
『第二外国語マスター法』（文藝書房）
『夏目漱石論』（文藝書房）
『太宰治論』（文藝書房出版）
『文学の学び方』（文藝書房出版）
──日本図書館協会選定図書──
『芥川龍之介論』（文藝書房出版）
『ドストエフスキーと近代作家』（文藝書房出版）
『近代作家と我が随筆』（文藝書房出版）
『チェーホフ論』（文藝書房）
『文学マスター法』（文藝書房）

日本近代文学史の基礎知識
2021年08月20日　初版発行

著　者　権藤三鉉
発行者　熊谷秀男
発　行　文藝書房
〒101-0021　東京都千代田区外神田3-6-1
電　話03（3526）6568
http://bungeishobo.com
ISBN978-4-89477-487-2　C0095

乱丁・落丁本は小社にてお取替え致します。定価はカバーに表示。

DTP/ジャングル